U0001892

# 三流
# 超級英雄

Third Class Superhero

游朝凱
Charles Yu

著

彭臨桂 譯

獻給我的父母

# 序言

　　很榮幸也很高興能為這一版的《三流超級英雄》寫序。這本小說集是我的第一本書，於 2006 年在美國發行。當時，我剛結婚，跟妻子 Michelle 還沒有孩子。也就是說，寫這些故事的是個年輕人，也是一位年輕作家。

　　重讀內容之後，令我訝異的是雖然自己變了很多（或者至少我是這麼想的），我的寫作特色也逐漸形成，但從一些基本方面來說，我完全沒變。二十年前，我最重視的主題是父母和子女、工作、我們在公開與私下所扮演的角色，這些至今也仍然是我的主要主題。以前，我喜歡在形式上做實驗（把故事講述成

物理學問題、將故事切成片段），現在我還是很喜歡
（我最新的小說《內景唐人街》就是以電視劇本的形
式寫成）。而且我依然喜愛類型作品，特別是科幻與
奇幻。

這一切在跟書名同名的故事中都顯而易見；故
事採用了超級英雄的類型並試圖顛覆，講述一位「英
雄」的能力無足輕重到幾乎要比沒有能力更糟了。這
種能力只能讓他在超級英雄的世界裡當個邊緣小角
色。讀者應該不難看出，這個故事跟將近十五年後出
版的《內景唐人街》有所關聯。

我的父母都是於 1960 年代，從臺灣移民至美國。
他們在加州的洛杉磯養育我和我弟。我覺得他們應該
從未想像過自己其中一位兒子會出版以英文寫的書，
更別提還有作品是為了臺灣讀者而被翻譯成中文。

　　我的母親已不在人世，但她是我最忠實的粉絲與支持者——她買了很多我的書，比任何人都還多。我的父親仍然健在。他跟我（還有我的妻子和孩子）幾個月前才回過臺灣。在臺灣時，我認真思考過自己是怎麼開始寫作的——為了敘述我父母的內心世界。他們所有的掙扎、犧牲、成功。他們在經歷那一切時必定會產生的所有感受及情緒：一對年輕夫妻來到新國家，說著外語，在陌生的文化中找出生存之道。

　　能夠為各位親愛的讀者將這些故事集結成冊——這簡直是美夢成真。我很感激你翻開了這本書，也感謝潮浪文化讓這本書能呈現在你的手中。

**游朝凱，2024 年 3 月 8 日**

## 目錄／contents

# 三流超級英雄

今天收到信了，猜猜怎麼著：還是當不上超級英雄。

**親愛的申請人，不妙，本年度合格候選者人數……遠超過所需名額……**

我瀏覽了一下錄取名單。很多人跟我同屆畢業。就是那些強壯又好看的常見類型。大約有一半是火球射手。一些造冰者。六個感應者。兩個蠻力者，一個變形者，幾個超能者。

他們有一個共通點，就是全都會飛。

我不會飛。我會的不多。話說回來，我又沒奢求什麼。我不必當大明星。我只想要有一套戰服跟斗篷、穩定的工作、能維持基本開銷的薪水。還過得去的健保。不過我又要再等一年了。

至少我有好人卡。暫時還在。

*　*　*

每天早上，我一睜開眼睛，就會想到這四件事：

1）我不是超級英雄。
2）我得工作。
3）如果我不必工作，就能當超級英雄。
4）如果我是超級英雄，就不必工作了。

我一度想把下午的時間都空出來，萬一收到通知選拔的電話才有空參加，不過很快又打消了念頭，畢竟我得有個正常工作才能支付看牙科和眼科的費用。目前我是市中心一家大型法律事務所的紀錄員。我很喜歡這個工作，因為我不必跟任何人說話，也無須解釋為何我偶爾會消失幾個小時。只要說我陷在檔案堆裡就好了。那些員工不知道我是兼差的。他們以為我是演員。

✦　✳　✦

　　我的名字也是困擾之一。潮濕人。這不太能讓壞蛋聞風喪膽。

　　去年的幾個月裡，我試過要大家叫我原子奇俠。有兩、三個人出於好心照做了，但這個稱呼沒流行起

來——我覺得問題在於不夠順口。簡化成原子俠也行不通，因為西雅圖有個專門解決科學犯罪的團體叫原子核，其中一位物理學家的名號就是原子人。登錄員說要是我用的名稱太類似，很有可能會因為侵權被告上法院。她建議「球力客」，但這根本錯得離譜。這讓我聽起來像是使用力場的傢伙，而且通常也只有壞蛋才會用「客」這個字結尾。

所以我只得繼續當潮濕人了。

幾年前我把聯絡方式登記到電話簿裡，這是個大錯，你能想像我接到多少騷擾電話吧。

\* ✳ \*

我的能力——如果你認為這算能力，但我不覺得你會這麼認為——是從空氣中吸收大約兩加侖的濕

氣，然後射出一道水流或薄霧。或是一顆球。這在水球大戰時很有用，可是想阻止屠殺客跟暴亂客搶銀行的話就完全派不上用場了。

好幾年來我努力精進自己。我讀過所有的書，還會聽錄音帶。可以郵購的東西也全都買了。我研究物理學，瞭解超能者如何改變重力常數。我研讀歷史，我學習理論，明白了善惡平衡之類的東西。這仍然無法改變我是小角色的事實。連小角色都稱不上。只是個跑龍套的。人形噴泉。

我花了些時間治療。結果是，我有自我毀滅的衝動，還有一些誇大狂的傾向。我付了六十個鐘頭的費用可不是只為了聽這種分析。我還是會上健身房，不過由於年紀越來越大，只能量力而為。我認真讀過《第一次逞英雄就上手》裡的每一個字。要價 24.99 美金。作者是某個有 MBA 學位的人。結尾部分條列

出的重點提示叫我要「發揮自己的優勢」以及「不拿
手的部分就仰賴他人」。還真有幫助。

* * *

晚上我回家後，會打開垃圾郵件看看，然後喝
杯溫啤酒。我的冰箱沒有插電，而且可能永遠都會維
持這樣。要是我餓了，對街就有個二十四小時營業的
塔可攤。一份兩塊美金，如果你在那裡吃還能免費加
墨西哥辣椒。我通常會買四個塔可配一大堆莎莎醬。

大概十點或十一點吃完晚餐後，我會上樓去陪
亨利。他住在我樓上的公寓式套房。他有一張日式
床墊跟一條薄毯子，是我幾年前替他張羅的。我覺
得他把那些東西擺到沙發上之後就再也沒動過了。
他有一座洗手槽跟一個簡單的電爐，以及一間跟公
共電話亭一樣大的廁所。亨利通常會在我讀專業刊

物的時候看電視。

　　亨利八十幾歲了，可是外表比較接近一百五十歲。他的皮膚聞起來像人造皮革，冒出的頭髮糾著一團團棉花。到去年為止，他每天都要抽掉兩包萬寶路香菸，不過後來價格變得太貴了。亨利這輩子灌了很多酒，多到就算今後戒掉再也不喝，到他死的那一天也都還會是醉的。他曾經酒精中毒，痊癒後又喝了個大醉，但我敢說他還是會比我多活二十年。

　　我們是這樣認識的：九年前我搬進來時，差不多每個星期都會聽到一次樓上傳來敲打和重擊的聲音。有一陣子，我不理會，可是，某天晚上，聲音維持得比平常更久。我上樓敲了幾下門，越敲越大聲。沒人應門。聲音停止了。我換上戰服，在亨利的門外站了一會兒。

三流超級英雄

我聽見啜泣聲。於是我撞開門——當時我還做得到那種事。原來是亨利的兒子哈洛在製造噪音。好幾個月來，他每週日晚上都會狠揍父親一頓，大概持續一小時或九十分鐘，直到他打累為止。三十五年前，亨利因為酗酒被哈洛的母親趕出家門，不過亨利並未改過自新，而是直接忘掉他們，帶著他的十五吋電視、菸灰缸跟裝滿啤酒的小冰箱搬來這個爛地方。後來哈洛的母親生了病，因為不肯去看醫生而差點掛掉。她的姊姊支付了醫藥費，撫養哈洛順利長大，而他也上了大學、結了婚，甚至還生了個兒子，可是他仍然很氣亨利。

重點是，亨利說他從未對任何人動手，而我相信他。我相信亨利，因為他是我見過最懶的人。他只想毀掉自己。他老婆應該過得更好嗎？哈洛應該嗎？對。對。亨利不是好人。他活該過這種日子，多數時候他似乎也能夠接受。我忘了大部分的人都不想擁有

特殊能力，亨利也是，畢竟他連正常生活都快無法應付了。雖然我不喜歡這個傢伙，但我猜我對他特別心軟，因為他是我唯一真正保護過的人。儘管我其實沒做什麼。只是戰服發揮了作用。

從那時起，我們就變成了朋友。算是吧。我會稍微照顧他。就只是稍微。沒有我以為的那麼多。我很快就會後悔。真的。這座大城市裡只有失敗的超級英雄，以及住在他們樓上的孤獨老人。

✳ ✳ ✳

我不是一直都這個樣子的。九年前，我既**年輕**又有**前途**。我一直覺得自己在等著某件大事發生。不只是大事，而是**重大的生涯發展**。當時我有很多**遠大想法**。我做了一些不該做的事。這種生活我過了大約六個月。我不在乎身邊的人。我前景看好、平步青雲、

破釜沉舟。我有一份正職，但我環顧四周，大聲告訴自己：你們這些人都是無期徒刑，而我只是過客。我可是要做**大事**的。

後來收到了第一封信，我不在名單上。只是暫時受挫。到了隔年，我又不在名單上。伯翰錄取了。多蘭也是。還有費尼。這只是一點障礙。

隔年也是。

再隔年也是。

然後又過了四年。我已經習慣了。

可是今年，我以為情況會不一樣。就是今年了，我能感覺到。我甚至還告訴了幾個人。我甚至向自己承認有點緊張。今年，情況就會好轉。

今年很痛苦。

✦　✦　✦

　　幾年前比較順利的時候，我去過一個平行宇宙，在那裡遇到了過得更好的自己。我們邊喝啤酒邊聊。我們相處得很好。我試圖理解他是怎麼看待世界的。他也和我一樣想跟其他人疏離嗎？他犯過什麼錯？我告訴他，很久以前，我犯了一個**大錯**。他知道我在說什麼。原來我們之間的差異就是從那個時候開始的。我告訴他，我有點怨恨他，因為他過著我過不了的生活。我告訴他，我過得很糟，而他只是點點頭。他說我這樣已經算不錯了。

✦　✦　✦

金童打給我，還假裝他不知道消息。

「我們去慶祝吧。」他說。

「慶祝什麼？」

「你的意思是⋯⋯？哎呀，不會吧。」當然，他早就知道了。他想要表現出同情心，但這並不是他的超能力。他怎麼會懂？他是電磁人。注定要當大人物。他能夠操縱電磁，就像嚼口香糖那樣簡單。他比我晚兩年畢業，就已經有自己的小隊了。他第一次嘗試就達到了三級。三年後上了二級。明年一月，他就會當上一級英雄，然後擁有自己的祕密藏身處。我大概再也見不到他了。

「明年吧，老兄。」他說他會盡量幫我找點工作。我很想掛電話，可是做不到。我需要他幫忙。

金童喝醉時，身上就會劈啪散發出能量。我一直很好奇當他那種人會是什麼感覺——當他走進房間，每個人的皮膚、頭髮、腦波都會感受到他的能量。地球的磁場扭曲時，他說他的四肢、他的呼吸、他的體內深處都能感覺到。

✳  ✳  ✳

　　幾個星期後，我得到一份差事。我在上班時接到電話。是個任務。真正的任務。金童施捨給我的。我不知道這是出於憐憫還是友誼。我不知道哪一種讓我更恨他。但我還是會接受。我去找上司，希望能請個幾天假。他說不行。我告訴他，我要立刻辭職。他叫我收拾東西。

　　一輛渦輪跑車到法律事務所前接我。金童開車，紅怒在副駕駛座。我應該不必解釋自己愛上她了吧。

三流超級英雄

她看起來就像漫畫人物。她的智商有一九〇。陰天時，她看起來很動人，而在陽光直射下，她簡直更是無敵。她對我揮手。

我進了後座。零C也在，正讀著作戰計畫。他可以射出冰。我跟他不太熟，但他似乎有點冷漠。事業心強。「盡量別拖累我。」他說。他的呼吸足以凍結空氣。

金童告訴我，我們要去對付狡詐三人組。我說這個壞蛋團體取的名稱還真糟。他叫我專心處理任務。

「消息指出他們打算從大學偷走一部量子電腦，」他說，「四對三，我們占上風。」他這麼說只是為了讓我好過一點，不過我明白他的言外之意。這件事很簡單。就算我毫無用處也不要緊。

我們停好車時，壞蛋已經行動了。他們正要把電腦搬上已經發動並準備離開的直升機。我深吸一口氣，準備戰鬥，但就在我意識到之前，金童和紅怒已經在那裡大展身手了。零C看著我。「不如你就待在車上吧？」

我也這麼想過。

可是我沒有。我要解開安全帶，不過操作其實有點複雜。等我下車抵達現場時，三人組中的兩人已經被制伏，而金童也已經把第三個人困在能量場裡。零C從我身邊呼嘯而過，製造出一座冰牢關住他們，等待警方到來。「我們在大聯盟很講求速度的，」零C說，「試著跟上吧。」我試著解釋我是因為被安全帶拖累，但沒人聽進去。

\* ✳ \*

三流超級英雄

回家途中，我不想讓大家知道自己住在哪裡，於是要他們讓我在一間酒吧下車。我進去喝了一杯。我剛坐下，強尼・布雷德正好走進來。他是個灰色人物——有能力通過全部的測試，卻從不正式申請加入任何一方。他差不多每年都會打來一次電話，想要我賣掉好人卡換現金。或是換成更好的東西。他坐到我旁邊，點了跟我一樣的飲料。

「值得嗎？」他問，然後抓起一把花生丟進嘴裡。我沒回答。

強尼・布雷德緊緊抓住我的手腕不放。「還有其他選擇的，納森。別再想著飛黃騰達了。」他給我一張名片，然後就瞬間移動離開了。我正要丟掉名片時，看到了電視上的本地新聞。北極星團隊擊敗了狡詐三人組。畫面裡的金童、紅怒、零C看起

來輕鬆自在。幾乎像是在玩。接著他們不知怎麼拍到了我坐在車上掙扎著想解開安全帶的畫面。我把強尼的名片放進口袋。

回家後，我上樓去看亨利。他睡著了。我想替他蓋上毯子時，有點驚動了他。

「怎麼樣？」

「我們贏了，」我說，「我稍微教訓了他們。」亨利看著我乾淨的戰服，露出了笑容，為我感到不好意思。

「是啊，我在新聞上看到你了。下次吧，朋友。下次吧。」

＊　＊　＊

三流超級英雄

又一年沒選上，表示我要自己接到足夠的案子才能留住好人卡，也就是說必須取得臨時執照。我登記參加考試。測驗日期是某個週六，在本地的一所高中舉行。

測驗室裡有六十個人，擠挨在二十張桌子旁。裡面很熱，大家都在躁動。監考人說明規則：三個小時的複選題，一個小時的是非題，接著是九十分鐘的道德兩難題。我們要畫答案卡。姓名。別名。電子郵件。我們要描述自己：

你擁有什麼能力？請勾選符合的項目。

＿ 能夠跑得比獵豹快。

＿ 能夠立定跳高超過二十呎。

＿ 能夠游得比成年海豚快。

＿ 能夠辨別對方是否說謊。

＿ 能夠強化別人的感受。

＿ 能夠使人自我懷疑。

＿ 能夠操縱原子結構。

＿ 能夠隱形。

＿ 能夠透視物體。

＿ 能夠預見未來。

＿ 其他（請說明）：

沒有符合我能力的選項，於是我自己寫出來。還試著寫得好看一點。

**凝結能力：能夠從空氣中取得水，用於轉移注意力，或是造成敵人短暫的困惑。另外也可撲滅小火苗，並使隊友感到清爽。**

我看了看附近其他人。左側是誘癢男孩。右邊

是個鵝卵石射手。門口旁是萎靡人、疲累人、噁嘔人（也被稱為不適客）。全都在苟延殘喘。他們一定也是這樣看我。我們擠在這個狹窄的空間，在穿戴著彈性纖維裝扮的腦袋裡想著同一件事——**我是璞玉，等著吧，全世界，你們太小看我了**——每個人都覺得自己是大器晚成，雖然快要四十歲了，卻擁有尚未開發的巨大潛能，只是時運不濟，又遇到小心眼的招募委員。

我進行到最後一個問題，心裡出現一種不安的感覺。

你要申請哪一方？請勾選。

__ 好人
__ 壞人

我選了**好人**，然後盡快離開。

兩個星期後，我收到了寄來的臨時執照。雖然我試著說服自己不在意，但打開信封時，雙手還是在顫抖。那是一張金色卡片，還有護貝。字體有點模糊，位置還不在正中央。這能證明什麼？讓我知道該如何說服大家相信我是個好人嗎？這沒什麼，什麼也不值。這只是一張紙，是夢想的碎片，可是我就只有這個，而且我想拿給亨利看。我跑上樓，敲了門。沒人應答，於是我自己進去，發現亨利躺在地上。

「你在幹嘛，大塊頭？」我取笑他滑稽的樣子，後來才明白他中風了。

＊　＊　＊

經過十二個鐘頭，吃了三包洋芋片跟兩顆巧克

三流超級英雄

力小圓蛋糕後，醫院等候室開始有家的感覺了。我想找醫生問問亨利還能不能活下來，可是他們全都小跑步經過，避免眼神接觸，在我看來是不好的預兆。

有位女人抱著一個男嬰進來。男嬰的腳被流彈打中，流血的情況很嚴重，血停不下來。嬰兒幾乎沒哭，可是母親在填寫文件時，她的身上和地板都是血。英雄在哪裡？我突然想通了某件事。我到底在幹嘛？我想要做什麼？追求事業，就像零Ｃ那樣？我沒有天賦。我不可能在三十歲前帶領小隊。三十歲已經是快要八年前的事了。就算我實現了自己的希望，就算我下半輩子都好運連連，我又能得到什麼？成為中階主管？教書？當個兼任講師去教八歲小孩，他們每個人都會射擊、計算微積分，還能把我的頭當成花生捏爆，他們能從我身上學到什麼？

等候室的電視播放著本地新聞頻道。在我的世

界中，每一部電視都在播放本地新聞頻道。彷彿整個銀河系沒有任何事發生，而播報方圓五哩內的消息就只是為了讓我覺得自己很遜。新聞內容跟之前一樣：金童跟他的團隊又贏了。好人得一分。他們採訪他時，讓我感受到我們之間的巨大差距。同時，我在醫院裡也無法替世上唯一比我窩囊的人做任何事。亨利在裡頭可能快死了，那個嬰兒的血一直流到地上，我卻只是看著電視心想自己為什麼沒出現在畫面裡？想著我的職涯？我的頭上浮現一個對話泡泡，裡面有字。**別放棄。比賽還沒結束**。我拿出好人卡。我突然發現它很小。我覺得很蠢。真是難堪。長久以來，我一直在假裝自己沒有抱負。不讓人知道，也不讓自己知道。假裝自己安於現況。我思考亨利的事。我思考自己的事，思考自己以前想要的是什麼。我竟然什麼也不想要了。現況其實很糟。或許比賽還在繼續，但對潮濕人來說已經結束了。別人都領先我一大圈了。

　　我打開皮夾，抽出強尼的名片。我把它翻來翻去，心想，有沒有可能？他可以給我什麼？我走到亨利的病房，透過玻璃看進去。他在睡覺。我撥打公共電話。鈴聲一直響著，我也一直告訴自己**這不是好主意這不是好主意**，但他接起來了。

　　「說吧。」他說。

　　「這不是好主意。」

　　「嘿，納森，我就知道你會改變心意。」

　　「廢話少說。」

　　「好吧。請問你需要什麼呢，潮濕人？」

「我想飛？」

「你當然想。你知道這要付出什麼代價嗎？」

「你到底辦不辦得到？」

「你覺得呢？」

沉默許久。一輩子的罪惡感？或一輩子都擺脫不了現在這種感受？我考量著這個道德問題。

「要怎麼做？」最後我開口說。就這樣。我覺得很自由。我覺得很空虛。我想嘔吐。

掛掉電話後，我到外面抽了根菸。護理師出來告訴我說亨利不會有事。

三流超級英雄

「他恢復得很好。他清醒了片刻，口齒不清講了幾個字，但接下來他會睡上好幾個鐘頭。回家休息一下吧。」

我躺在自己的床上，睡不著。我上樓去亨利的公寓看電視，把他倒下時抓著的那瓶野火雞威士忌喝完。晚上這個時間的節目是播放給我這種人看的。不相信自己會在晚上這個時間看電視的人。技術學院的廣告。新宗教的廣告。還有個廣告是在講一種多層次傳銷系統，保證讓我在家輕鬆工作就能每個星期賺到五千美金。喝光野火雞威士忌後，我跌跌撞撞下樓回到自己的公寓。我在沙發上睡著，夢到了支票滾滾而來。

\* \* \*

隔天一大清早，電話響起時，我沒睜開眼睛。

我已經知道是誰打的了。我已經後悔自己即將要做的事了。金童在另一端。他上氣不接下氣。威霸的大拇指脫臼了，要休息四到六個星期。他們需要第四人。他說這次是來真的。我很想知道他在撥我的電話之前已經打給幾個人了，可是我沒問。我能在十五分鐘內準備好嗎？我說可以。他說他們會開噴射機來接我。

噴射機內部完全超乎我的想像。每張座位都有兩個置杯架。還有免費的維他命跟運動飲料。我因為飛機的速度和自己的不道德而感到頭暈目眩。所以這就是當壞人的感覺。跟我想的一點也不同。這真是絕對的自由。就像靈魂出竅看著自己的身體。我嘔吐了。零C從副駕駛的位子往後看，搖了搖頭。

紅怒解開安全帶，拿了一瓶水和幾顆恢復藥丸給我。「給你，納森。」我在第二次嘔吐時心裡只想**著她知道我的真名**。我感覺到她那溫暖的光子之手

放在我背上，輕拍著兩側肩胛骨中間的部位。「每個人第一次搭噴射機都會這樣的。」

我知道我做不到。我很確定。她的手掌貼著我細薄的戰服，讓我的決心開始動搖。光是觸碰她就讓我在那一瞬間變成了更好的人。我想叫她讓飛機掉頭。可是我們已經降落了。金童告訴大家十分鐘後就要戰鬥。我還沒把自己做的事告訴紅怒，她就起身離開飛機了。他們三人在外頭的山頂上熱身。他們的肌肉都好完美。他們伸展大腿後肌。他們繃緊又放鬆如花崗岩般的四頭肌，按摩著形狀像氣球的三角肌。我想，合身的戰服穿起來就是要這樣。那就是超級英雄的樣子。他們會過著比我好的生活，原因就在於他們是更好的人。他們這裡比我棒，那裡也比我棒，更強壯、更迅速、更聰明、更親切、更寬容。他們一切都比我強。我有什麼更厲害的地方？我在哪方面比其他人更好？

紅怒示意我加入他們。我動不了。

✳ ✳ ✳

　　戰鬥的結果是慘敗。好人不知道自己受到了什麼攻擊。原來像我這種雜工也能用自己的卡存取許多機密資料。他們駭進伺服器，得知了作戰計畫。也弄到了記錄英雄弱點的檔案。全部都有。我猜好人靠的是信任。他們信任我。打到一半時，戰況慘烈到我又開始嘔吐了。我甚至考慮加入戰鬥，不過我又能做什麼呢？

✳ ✳ ✳

　　一切結束時，金童的股骨骨折，肩膀脫臼。零 C 死了。紅怒大致都還好，只是肩膀上有一道長而淺的

割傷。她的戰服破了。我描述不出她皮膚的顏色。沒有那種名詞。她的傷口在發光，亮到我無法直視。

我聚集了一些水，用雙手捧著清洗她的傷口。她開口要感謝我，卻被我阻止了。我告訴她我做了什麼。她一開始還不相信。

「不。不可能。你才不會。」

「安娜。聽著。」我的語氣讓她安靜了。我用聽起來像是另一個人的語氣坦承了自己做的事。我已經是個壞人，而她也聽得出來。「這些傢伙都是小角色。你們只要隨時派出兩個人就能解決他們所有的人。這裡發生了什麼事？為何他們今天的反應這麼快？因為他們**知道了**。因為你們被埋伏了。是我。我埋伏了你們。」

她沉默許久。「為什麼？」最後她開口這麼問，不過她比我加倍聰明，也一定比我更清楚答案。救援直升機快到了。我必須離開，要不然就得進監獄。我爬上樓梯，進入噴射機。我飛離時，本來以為會被她擊落，但她只是悲傷地揮了揮手。

＊　＊　＊

　　幾個星期後，我到便利商店門口外等強尼・布雷德。抽到第四根菸時，我才開始明白他可能不會來了。我在想什麼，竟然會跟那種傢伙打交道？就連壞人也不會相信他。

　　接著他就從天空突然出現，差點落在我頭頂上。

　　「你成功了。」

「大概吧。」

「我沒想到你會成功。我以為你沒膽那麼做。」

我連直視他的眼睛都辦不到。我想我可能再也不敢看著任何人的眼睛了。

「嘿。納森。看著我。」我緩慢地側著頭看他。「你並不是惡魔。得了吧。你以為我是怎麼謀生的？你以為你是世界史上第一個擁有良心的壞蛋嗎？拜託。看看你身邊。看看那些年紀跟你差不多卻在大半夜四處遊蕩的人。沒人能救他們，也沒人會來救他們。你以為自己不一樣嗎？以為自己跟他們不同嗎？」

「在所有人當中，我最不需要你的課後特別輔導，」我說，「你有我要的東西嗎？」

「聽著，我只是想幫你。你並不是天生的超級英雄。你越早明白這一點越好。」

我瞪著他。「我再說一次。你到底有沒有我要的東西？」

「很兇是吧？傷害了幾個親近的人，就以為自己是毀滅博士了嗎？」他得意地笑著。「那好吧。這是答應你的。」他遞給我一個三明治。

「我該怎麼做？」

「把它吃下去啊，老兄。然後你就會飛了。」

我都還沒反駁，他就已經飛到空中兩百呎高了。

三流超級英雄

　　我看著手上的東西。兩片波隆那香腸配白吐司，再加上一點美乃滋。我三口就吃完了。我還有什麼選擇？跨城巴士停住，我上了車。

　　經過兩站後，我開始有種感覺。腳上一陣刺痛。我的右腳。一開始很輕微。我甚至不確定自己有感覺到。接著它竄上了小腿後方。可能是坐骨神經痛。消失了。然後它又出現了，這次是我的左腳，就在腳趾和腳跟。好像有點痛。是痛沒錯。感覺我像是中槍了。我心想自己是不是應該在公車裡試著飛一下，可是別人會看到。我在二十個街區外下車，站在街角，等著公車離開。很晚了。街上沒人。有蟲叫聲。我猜現在就是最好的時機。要怎麼飛？要怎麼試著飛？我還是不知道。這又不像跳躍或走路。本來你受到地心引力的束縛，受到規則的束縛，受到自己從十歲以來對自己的各種懷疑所束縛，而現在你突然自由了。在這種時刻，不可能的事發生了。你要怎麼

飛？不是嘗試。不是去做。不是透過意志力。不必蹬起來。飛行不是什麼動作，而是一種狀態。突然間，我知道我會飛。前一刻我還不知道該怎麼做，下一刻我卻在納悶怎麼可能會有人不知道。我在距離地面只有幾吋的高度一路低飛回家。

抵達我們那裡的街角時，我抬頭往二樓亨利家的窗戶裡看——昏暗的房間，電視發出有毒般的藍色閃光。

我決定上浮到窗口嚇他一跳。我懸空了幾秒，測試一下平衡感。感覺如何？就跟你以為的一樣。比性更棒。而且兩者其實很像。我想上升，可是不知道怎麼做。往上看？握拳向上指，就像超人那樣？後來我才意識到自己正在上升。我猜亨利一看到我的頭就會尖叫。我擔心他會心臟病發。我在他的窗外飄浮。窗戶開著。他看見我，打了聲招呼。

三流超級英雄

「過來！看看這個，」他指著電視說，「這傢伙不小心吞下了自己的手啊。」他似乎沒注意到我在做什麼。

「亨利。」我說。他的目光緊盯著螢幕。

「亨利，看著我。我成功了。我會飛了。」他看過來。

「可不是嘛。」

他從床墊起身走到窗邊。我問他想不想去兜風一下。

「你不是說今年沒選上嗎？」

「說來很複雜，」我說，「可是我成功了。我是三級了。真正的超級英雄。」我話都還沒說完，亨利就已經知道我在撒謊。

　　「我不知道你做了什麼，納森。不過你還能補救。你不再是孩子了，但你還是能補救。別落得跟我一樣的下場。」我告訴他，我不懂他的意思。

　　「你不應該為了我這麼做。」他說。

　　其實我不是。我是為了自己。我傷害了別人，那些人對我很親切，那些人是比我更好的人。我為了得到想要的東西而傷害了他們。我是這個故事中的壞人。我很清楚。然而我希望自己不是壞人。我能因此得到獎勵嗎？這會讓我變成什麼？哪種人？

　　亨利爬到我背上，接著我們就起飛了。一開始

很緩慢，有點搖晃，不過後來就又順又快了。我跟他飛上天，往下看著那些巷弄、掛在曬衣繩上的衣物、市區裡家家戶戶小小的混凝土後院，我們經過城市的邊界，飛向山麓丘陵，往上越過了霧霾，我在飛行，看看我，這個穿著好人服裝的壞人，再也不受規則束縛。**親愛的申請者。我們不需要你的幫助。這個世界少了你沒關係。**我沒關係。我沒有史詩般的冒險故事也沒關係。我不是超級英雄。我只是背景。我是個擁有平庸靈魂的好人。我想變得更好。我真的想。但就算是現在這個最重要的時候，就算知道這是自己所能遇到最棒的事，我也覺得沒那麼好。我有一顆狹隘又黑暗的心，這顆心充滿了分量完全相同的好與壞，這顆軟弱的心能做的就只有這麼多，可是此刻它正把我們推得越來越高，越來越高。

# 401 (k)

　　基本上一切都很好。基本上我是個好人。高於平均，這是當然的。有時候要知道該做什麼可沒那麼容易。我不確定是不是因為自己有某種方法或某些習慣，甚至是堅守某條準則之類的。我猜我大概就只是臨機應變吧。到目前為止都行得通。還不錯。我是指整體考量起來還可以。遇到被迫做出艱難選擇的情況時，我就會畫決策樹。如果事態可以描述為P，那麼就做Q。若X則Y。若Y則Z。以此類推。我們的員工手冊闡明了官方的公司認識論（Corporate Epistemology），資助者為哈特福共生公司（Hartford Life & Mutual）：八十／二十法則。你可以用百分之

二十的努力解決百分之八十的事。夠好就好了。

　　「現在怎麼辦？」我太太說。她至少每個星期都會說一次。

　　「我們可以養一隻狗。」

　　「我們有一隻狗了。」

　　我還剩下二十五到三十年。假如我戒菸，也許還會有三十五年——也許。「我不想活得比你久。」我太太說。我們都知道她會的。這也是臨時計畫，我們想做什麼，就會照這樣規劃。


　　經紀人介紹我們的夢。

　　「私人、實惠、中等。」他說。我從沒想過自己會做中等的夢。

　　我們正處於**週日午後**。這一區叫**豪華車廣告**。從沒想過我們會來這種地方。

　　我跟我太太認識時，她是**進口啤酒廣告區**的**美女**。當時還沒很晚，酒吧已經客滿，但還不到擁擠的

程度，背景很乾淨、雅緻、簡約。我們沒說話。市區街道上空無一人，不過很安全，也有適度的照明。夢境展示著：我是二十四到二十九歲；她是十八到二十四歲；而且我們都在相同的可支配所得區間。她在我問到電話號碼前就離開了。

隔天上午，我在**咖啡館／生活風格區**看見她。她正在講電話，我正在使用我的個人連接裝置。我有種**遍及全國、充滿希望、技術滿點**的感覺。**每一個人都連結起來，電影明星女發言人**這麼說，她走在咖啡館服務生後方，為場景效果添加了深度。**每一個人**。

喝著咖啡因飲料的我對著**美女**笑，而她也微笑回應。**女發言人**用仁慈又輕蔑的態度注視著我們。年輕、膚淺的人們在共有的品牌自我形象認同之下相聚。在強調商標與經銷權的時代相愛。在麥迪遜大道上相配。

**美女**跟我開始同居，到**城市烏托邦表演村**的心

**理環境區**待了幾年。我們住在咖啡店和無線區域，擁有彈性工作時間，也很常上街走動。我們是**全國通話方案**的一分子。在這裡，每平方英里的行人數量是全世界最高，大家都衣冠楚楚。男人穿著熨燙平整的卡其服裝。女人則是鮮豔的針織套裝，她們看不出種族，而且身材苗條，臉部光滑動人，顴骨都很高。

不久後，我們就開始渴望郊區，渴望 32,000 **美金以下的皮革、安全與舒適**。哲學家把那種感受、那種震顫稱為**旅行車**。一種原始的感覺。

所以我們才會在這裡。

「開始想像難以想像的事，永遠不嫌早。」**房屋經紀人**說。他拿出一根梳子劃過早已整理好的頭髮。

我們不需要**美好生活**。**良好生活**就可以了。

「這裡還不錯。」我試圖說服我太太。

四分之一英里後，街道變成了一條通往虛無的蜿蜒小路。**房屋經紀人**說**汽車廣告**這一區都是這樣。

「生活就是關於選擇。」**房屋經紀人**說。

「對我們而言，有點像是存在主義的問題。」我太太邊說邊打開一罐**興奮藥**。

　　我三十二歲。或是五十二歲。還是四十二歲。我不記得了。總之，我已經身在其中。必須持續下去。漫長的旅途，漫長的跋涉。重大的目標。中年。剛開始的前幾年，我還不明白，而且我得說，起初那種感覺還不差。有點令人興奮。發展生活。構築夢想。累積儲蓄。**宏大計畫，重要的時間表。**有一筆抵押貸款，為期三十年。在**空中大型日曆裡，**日期就像格子，一天一天劃掉。推著巨石上坡。**我的一生。我的一切。**事情發生得很快。你一下就錯過了數十年。情況變糟的速度可能比你想的還快。比我想的還快。錯誤會留下永遠的影響。為了感覺更接近我們明知得不到的東西而買我們不想要的東西。三十歲和四十歲。漫長的旅程。一輩子的對話。我們會在這裡的某處徹底迷失，遊蕩於荒漠之中，然後被噴吐到五十九歲半的另一端，掉進免罰款提領

個人退休帳戶的國度,而我們會環顧四周,彷彿剛從一道長達四分之一世紀的遊樂園滑水道裡溜出來,心裡想著**我在哪裡,我怎麼會來到這裡,我可以再來一次嗎?**

我告訴我太太,我們會度過這一切的。

「我們當然會,」她說,「或者不會。」**排中律**① 。像這種時候,我就知道她恨我。

我們前往市中心。前往**抗憂鬱劑區**。去吃晚餐。這裡的人行道被茂盛的青草地遮斷了。到處都是蝴蝶。此地充滿明亮無比的綠色和黃色,象徵**悲傷**與**快樂**的色彩,另外還有一種砂礫般的灰色底色,讓你彷彿可以把這世界當成凝結在擋風玻璃上的水珠擦掉那樣,看到真正隱藏於表面下的是什麼。一種代表生化平衡的銅綠色。

「我賺的錢很多,」我的語氣像是陳述又像是問題。我不確定。「至少這點還不錯。」

結婚之後,我念了 MBA 學位,在**保險業**找到一

份工作。應該說是**再保險業**。內容是關於策略、決定、遠見，以及**遺憾最小化**。應該說是**規劃**。分配稀有資源。例如跟孫子女相處的時間。計算年紀和金額，讓它們同時耗盡。

這些很難解釋——在雞尾酒會上我只說是諮詢。然而說**公司**提供諮詢其實並不公平，而且太過低估了。

我們提供諮詢。我們提供的東西太多了。

我們會設想全新的 e 化解決方案。我們會幫助你建立未來的展望。

我們是具有前瞻性思維的全球顧問公司，會透過一種獨特並經過實證的增值方式，讓你的 IT 投資獲得迅速顯著的報酬。採用獨一無二、著重於投資報酬率的方法。

我們的業務有垂直整合、儲存解決方案、工業自動化。供應鏈物流。外包。內包。組織變革。知識流優化。電子化客戶關係管理。供應鏈管理。

我們的業務有：

行銷

公關

代理權徵集

證券承銷

併購諮詢

再保險

品牌管理

風險管理

資產管理

管理管理

我們的服務也包括複印、捲筒衛生紙、馬桶坐墊紙、小便斗除臭劑、釘書機、數位掃描器、文件銷毀、切割。想要擊敗標普 500（S&P）[②] 嗎？碾壓標普 500？我們可以幫你擊敗對手。我們可以幫你碾壓

對手。

「今天是新的一天。」**公司完形**（Corporate Gestalt）③在我早上通勤時說。

我開車過橋，從**我實際居住的城市**到**我想要居住的城市**時，永遠升起的太陽仍在升起。乾燥、涼爽、靜止的空氣中，充斥著濃郁的衣索比亞咖啡豆和金錢的氣味。這座城市裡的建築絲毫不受時間影響。**中上級主管**依照自己的節奏果決地大步前進，目光凝視著不遠的未來。

公司總部是由二十棟建築組成的園區，北邊是**希望**與**機會**，西方和東方是**改變**，南面則是**廣告郡**。總部的溫度維持在華氏 64.3 度。

我太太希望我辭職。她說這會害死我。

她錯了。這已經害死我了。

我看著她，什麼感覺也沒有。

我要怎麼告訴她？我看著她，知道她很完美，這點我明白，但我就是什麼感覺也沒有。我愛她，真

的，千真萬確，但我什麼感覺也沒有。我體內的溫度也維持在華氏 64.3 度。我在**幾近空蕩的世界**工作。現在是早上，不過太陽正移向我的地平線。我遍及世界。我的客戶遍及世界。這個國家在睡覺，這座城市在打盹，我卻坐在桌子旁，面前擺著二十四盎司的滾燙燃料。

「可能性是無限的。」**公司世界觀**（Corporate Weltanschauung）④說道。

我沖了澡，換上工作要穿的衣服。我太太坐在廚房桌子邊。我在食品儲藏室翻找。

「我弄點東西給你，」她說，「吐司。」

「我昨天也吃吐司嗎？」

「什麼是昨天？」她問。

我們度過了幾個星期，度過了幾年，拖延著我們一開始打算做而開始做的事。也就是我們一起開始的時候。年輕又愚蠢。我們的生命清單就塞在某個抽屜裡。當時我們要做的是什麼？我們好像有計畫。

我們工作。我們睡覺。

我在半夜醒來。

我太太看著我。

「現在怎麼辦？」她說。


我們規劃了一次度假。

我們想要去看**其他事物**。旅行社寄來了行程簡
介、亮面雜誌、影像型錄。


我們選了有**真實體驗**™的套裝行程。

根據型錄介紹，**體驗**總共有五種：**城市、鄉村、
半農村、種族，以及具有危險的種族。標準危險程度**
是**輕微**或**暗示**，不過內行人都知道他們可以低調詢問
**真正的危險**——例如，**我聽說好像還有其他的？**你
要在客服代表耳邊輕聲地說（同時把一張對摺的紙條
塞到對方手中，裡頭寫著四位數或甚至再多一點到
五位數的金額）——接下來就要處理免責切結書的

簽署與公證，而你對此的認真程度也必須經過評估與確認，方式是用幾十字簡短的內容回答**現今世界的問題？**這份意見調查表。型錄上有個例子，來自二十七歲的投資銀行家艾瑞克：

## 現今世界的問題

*是人們不斷死去。窮人。其他國家的人。每天都有人死去，垂死、疾病、飢餓、營養失調。人們在死去，而我的世代卻不在乎。包括我。可是我想要在乎。我真的想。我好想在乎。*

我們預訂了一份豪華套裝行程。我們帶了相片、護照、防曬乳。

小飛機降落於叢林深處。我們發現亞馬遜河中央有個電子看板，顯示著股票行情。一條流勢兇猛的河。全世界每一秒鐘都有數十億的股票交易。

有個帶著公事包的男人從一棵樹跳下來。我們

度假就是為了遠離**汽車廣告**，結果卻碰上了**人壽保險／資產管理**。感覺比之前糟糕十倍。現在是重大時刻，我們又花了大筆預算——這可是具有**超級盃價值**的預算。

「我的客戶想要有一種能夠在投資決策中去除情緒因素的資產分配策略。」資產管理人說。

我太太拿起一根掉落的樹根，彷彿要打爆他的頭似的。

「你們的希望與夢想，」他舉起一隻手保護自己。「是為了符合每位顧客需求而量身打造的獨特產品。」

「我們之間有很多事沒說出口。」我說。

「你們需要一位管理顧問，」他說，「當然，有些明顯的財務／抽象問題要考量。而且你們在處理這整件事時，也會想要有尊嚴，又能節稅。」

「什麼整件事？」我太太問。她轉頭看我。

「他說『這整件事』是什麼意思？」

三流超級英雄

我們到飯店登記入住。

我們吃自助餐。宵夜跟早餐。午餐則在**機會廳的露台**上吃三明治喝冰茶。飯店的酒吧全天開放。

服務員告知我們：

明智的客戶應謹慎考量所有相關因素，包括但不限於：國內外普遍的政治與社經氛圍、史上最低／最高的失業率、刑事司法系統中的嚴重不平等、上揚的消費者信心、缺乏自信、零售消費熱潮、暗中的零售借貸、可疑的消費者信貸、可怕的利率、刻意引發的消費者焦慮、廣泛性焦慮症、以空洞話語宣傳的偽宗教式金融服務，以及市場波動。

我打給芳療中心，預約了夫妻按摩。

「妳的手藝很好。」我告訴女按摩師。

女按摩師說：

我夢見無形的手。我想把我的生產工作外包。我想保護家人不受意外風險的威脅。我想利用一種交易手段達到免稅的 368（a）反三角合併⑤。我想確定明天的界線。我想過著一次只面對一個選擇的生活。我想找出一切可能。我想測試無法測試的事。我想測量深不可測之物。我想理解無法理解的一切。我想擁有我想要的東西。全球風險國際的全資子公司。比人壽保險多，比共同基金少。

我們去看泳池。

男性服務員問我：我相信無限的權力嗎？

泳池邊的酒保說：過去的表現不保證未來的結果。我們考慮**一日遊**。**選單**真是令人眼花繚亂。最上面的是：

三流超級英雄

## 如何在此度過時間

精美印刷的文字寫著：

**在平常的日子，一位年紀、種族、身高、道德品行與你相仿的人，要做出四千八百一十七個明確的選擇。依照基本套裝使用時，保證每天最多能犯三個小錯和一個大錯。你也有三次收回以及一次在中年重來的機會。**

「**真實**什麼時候會開始？」我太太說，「我想要有一些**體驗**。」

我們決定短途旅行。我們照清單上的活動付費。我們探索祕密島嶼。我們繞離**正常路線**。我們躲進洞穴。我們讓身體覆滿泥巴（額外收費）。我們多吃了幾次自助餐。

幾個星期之後，倦怠出現了。我們對天堂感到

無聊。

「我們回家吧，」我太太說，「我想回家了。」

家。我能夠想像。我們會回到我們的生活。我們會把車停在進口的碎石車道上。我會踢開我們買的那扇花俏進口門。那會是週日下午。那裡永遠都是週日下午。一切都很完美。一切都很美好。百分之九十。電視永遠在播放高爾夫球賽。一陣漩渦般的渴望：混雜著我想要的、我知道我永遠無法擁有的、別人期望我要的、我害怕的、不存在的東西。每過三十、六十、九十秒，世界就會完全改變。我會看高爾夫，我會很想要**今天就前往你的** Lexus **經銷商**。一種發自心底深處的感覺。

我們的假期進入尾聲，我們的假期就此結束。我們打包行李。我們向度假勝地揮手道別。

機長廣播了。我們繫好安全帶。

就在起飛前，我靠向我太太，輕聲對她說話。

「還不只這樣。」我說。

三流 超級 英雄

「什麼？」她說。飛機轟鳴作響。

「我說還不只這樣。」我大喊著。

**好，夥伴，**她用嘴型回答我，**帶路吧。**

# 變成自己的男人

**他正在轉變為**某種無法形容的東西。

辦公室裡，大家都避開這個話題。

**大衛，**他們會這麼說，**你還好嗎？**他們說。**你。**客氣的表示。

其他人都注意到了，但是都假裝沒注意。彷彿他們並未一直目不轉睛、竊竊私語、充滿好奇。認為這永遠不會發生在他們身上。

　　至於大衛則是跟著演戲，樂意與人閒聊。他會關心他們的孩子，看著那些貓、狗、前往太浩湖（Tahoe）① 旅行的照片。大衛移動嘴唇，發出正確的聲音，讓大家聽他們想聽的。男人們通常聊運動，而女人們如果克制得住，就完全不會找他說話。

* ＊ ＊

　　**它的開始**是在一個月前。或者不是。

　　無論它是什麼，如果真有它的存在，就是在一個月前開始的。

　　如果原因比較像是缺少了它，那麼它大概就是在一個月前停止的。

　　或是開始停止。或是停止開始。它發生了或不

再發生。總之，不是有就是沒有。總之：大概是一個月前。

它或「不是它」並不是單一的改變。它或「不是它」是很多改變，但不是突然發生，也不是以任何模式或非模式的方式連結起來。

例如，大衛養成了一種習慣，會用第三人稱來指稱自己，每天都這樣，頻率也越來越高。

「每個人都想知道大衛會怎麼做。」他喜歡這麼說。這是真的。事實上，每個人真的都想知道大衛會怎麼做。這不是自大。毫無疑問，大衛當然很自大，但這**不只**是自大而已。話說回來，由於這種情況很常發生，所以連大衛都開始注意到大衛用大衛來稱呼大衛了。

「我實在受夠了，」某天晚上他說。當時夏天已近尾聲，他工作到很晚。大衛手裡拿著一枝馬克筆在白板前踱步。「每個人都在注意大衛。」他的工作團隊成員同情地點著頭。他是他們的上司。而且，他有巨大的股四頭肌以及又圓又硬的前三角肌。人們多少會怕他。

「你們知道嗎？」他接著說，「我就老實說吧。我不知道大衛會怎麼做。」他停住腳步，靠到桌子上強調自己的話。行銷部的艾瑞克像個笨蛋般點著頭。現在大衛壓低聲音，講出重點。他說：「大衛不會急躁，」他為了效果暫停一下，以讓人點頭如搗蒜。「那不是**大衛的為人**。」

還有一點是，他對世界發生的事感到漠然。本地和全球的事都是。他幾乎再也不看新聞了。名字、場所、統計資料──這些再也引不起他的關注。另外

還包括了水權、樹蛙的生物多樣性、陌生人的痛苦。曾經令他在意的事：民粹主義的暴動、營養失調、財富分配。什麼都激不起他的興趣了。

他曾經在乎過。

深刻地在乎，而且就算不深刻，至少也略微在乎。以一種抽象、樂意簽署請願書的方式在乎，像全國公共廣播電臺的聽眾那樣在乎。

現在這些消息只是傳來傳去，還會直接經過他。而今這一切似乎都顯得很短暫、很具體、很遙遠。

就在勞動節前，大衛和派翠西亞一如往常吃著早餐。他們喝一壺黑咖啡，加了很多糖。他們吃了兩片奶油吐司，平分一顆柳橙，一邊讀著各自的報紙版面。大衛總是拿商業版；派翠西亞會翻閱訃聞，然後

是烹飪版。他們安靜看報。

電話響了。大衛的目光沒離開股價。派翠西亞接起。

「找你的。」她邊說邊遞過話筒。

「喂？」他說。

「大衛・豪？」另一端的女人說。

就是這樣。

＊　＊　＊

當然，事情不是在這個時候發生的。然而他記得電話打來那天，就是最近某件事發生的那天。在某

種程度上，在無法確定的一段時間裡，他知道也意識到某件事發生了，但他並不清楚是什麼。

**兩個字**。他只聽見她說了這兩個字。後來，他就聽不進去了。兩個字：大衛・豪。

她從一個符合資格人員的資料庫中得到了大衛的名字。她想要找他談一個令人興奮的新機會，內容是關於上升潛力和風險調整後報酬。她很厲害，讓大衛十分鐘都插不進話。最後，他在她某句話說到一半時直接掛斷。

一直到當天夜裡，醒著躺在黑暗中的時候，他才又想起了那通電話。派翠西亞纖弱的鼻孔正發出細微的顫動聲。有隻鳥在他們二樓窗外試圖模仿她的鼻音。他夾在那隻生物的啁啾聲和太太的打呼聲之間無法入睡。

三流超級英雄

**大衛·豪。**

她只說了這個。這只是他的名字。兩個字。就只是詢問，沒別的意思。

可是現在他忍不住一直想著這件事，忍不住一直想著那一刻：她說完之後，他拿著話筒，雙手顫抖，呼吸急促且帶有酸味，視線也突然變得模糊。她的聲音，她的語氣，她說出他名字的方式，總之有某種東西深入內心、挑起了什麼。那天早上，他在廚房時，有種感覺，但又說不上來，於是只好放下。可是現在，當他躺在灰色的深夜中，那種感覺又出現了。現在他心裡只想著那通電話；現在那種感覺回來了；現在他想起了是什麼讓他的手指冰冷耳朵發燙。

她打來是要找大衛·豪，不是找**他**。

他記得自己心想，**她打錯了**，接著納悶，**為什麼這個女人打來我家，撥我的號碼，為什麼她在跟我說話卻要找大衛？**他在床上翻了幾個小時，起身到浴室抽菸，把頭擺在蓮蓬頭下，然後又抽了幾根菸，整個晚上一直來來去去，想知道這怎麼可能，想知道她為什麼打來。他疑惑又疑惑，突然之間冒出冷汗，想起了原因。他**就是**大衛·豪。

　　後來的日子裡，他變得膽怯，害怕會驚動派翠西亞。他不確定她是否知道。如果她不知道，他也不確定能解釋清楚，而就算他知道該怎麼解釋，他也不確定她會明白。

　　工作時，他觀察了人們採用不同的說話方式，人們對**他**作何反應。有些人叫他大衛，有些人則如前所述偏好用「你」婉轉地指稱大衛跟**他**。不過大

三流超級英雄

多數時候他們根本沒在意。他們都在聊前一天晚上的電視節目。辦公室的人把恐懼隱藏得很好，這點他很欣賞，畢竟每個人都看到了他就這樣公然出現在他們面前。

回家後，情況就不一樣了。無論那是什麼，他都以為那或許會在派翠西亞發現之前消失。他想辦法避開她，但她反而讓事情變得更好處理。早上，她會比他早一個鐘頭起床，沖過澡喝杯咖啡就去上班了。她通常會在大衛回家時睡著。有些日子他們根本講不到幾句話。三、四天。一個星期。他們幾乎不說話。帳單有人付，垃圾有人拿到外面放。經過一段時間，他明白了她並不知道。要不就是她沒把足夠的注意力放在他身上，要不就是他做得很成功，隱藏了這件事，隱藏他自己，隱藏可怕的真相。

他以為一切就會像這樣持續下去：上班時假裝

什麼都沒發生，回家時也不跟派翠西亞談這件事。而他不太確定自己真的討厭這種情況。至少總比嚇到她好。

後來有一天，她回家時發現大衛坐在沙發上，狀極憔悴。他一隻手拿著電視遙控器，可是電視被轉到了測試信號頻道。他的另一隻手拿著杯子，裡頭裝了半杯溫的波本威士忌。

「我不懂這是怎麼回事。」他說。

「什麼怎麼回事？」

他以為她在開玩笑。他沒說話。

「什麼怎麼回事？」她又問一次。

　　他明白她不是在開玩笑。為什麼他要隱瞞她？最後她還是會發現的。他決定讓她知道。他指著大衛，指著自己，指著他的**自我**。

　　「這個。」他說。

* ✻ *

　　關於他身分的**基本事實**就跟之前一樣。他的名字還是大衛・豪。人們跟他說話的時候仍然用這個名字稱呼他。或者應該說是他們跟大衛說話的時候。他們交談時，如果想要指稱在這世上跟**他**相關的人，就會說出「大衛・豪」這幾個字，而大家也會知道這是什麼意思。

　　就他所知，大衛的年紀還是一樣：四十七歲，很快就要四十八歲了。

大衛仍然拿同樣的薪水，那筆同樣金額的錢每隔兩週就會從公司帳戶匯給名為大衛‧豪的法律實體。他知道，這筆金額比大衛應得的還多。其他很多人也都知道。

大衛還是喜歡狗大於貓，喜歡啤酒大於烈酒，喜歡曲棍球大於橄欖球。大衛依然關心人們，但只是為了關心而關心，不會再深入。這些就是關於大衛‧豪的基本事實，而且並未改變。

關於大衛，他注意到的第一件事就是，他**注意到了大衛**。

比方說，大衛的情緒。基本上大衛的情緒變化會以相當固定的週期重複：恐懼、渴望、興奮、厭倦、憤怒、妒忌。不一定會按照這樣的順序，但大衛醒著時幾乎都在這六種情緒之中循環。

三流超級英雄

　　差異之處是，現在大衛出現某種感受時，**他**就會發現。**他**可以透過大衛當下的情緒狀態查看世界，就像投影機裡的一張投影片，或是像裝了有色濾鏡的鏡頭那樣。

　　大衛生氣時，他能夠透過大衛的憤怒觀看世界。不只是那些一閃而過的念頭、想要殺人的衝動，也不是他能感受到大衛的臉漲紅、大衛的脈搏加速。這些不是憤怒。而是他能夠在大衛開口的前一刻便知道大衛要說什麼。他能看見憤怒的樣貌，看見那種模糊、未成形的狂怒一開始是如何冷卻並凝結為流動、易揮發的想法，接著那種液體又在粒子周圍形成結晶，化為個別的詞語。在大衛真正發怒的許久之前，以及在大衛認為怒氣已經消退的許久之後，他都能看出大衛對其他人顯而易見的憤怒。

　　雖然他可以透過跟大衛一樣憤怒的感受觀看世

界，但同時，他也能照自己的意願停止。即使大衛正在破口大罵、亂發脾氣或激動吼叫，他也可以停止。這麼做並不會讓人察覺大衛的信念動搖或減少大衛憤怒的強度。只是大衛的感受已不再是他的感受。感受是一種選擇，是一種活動，是他能**做到**的事。他可以選擇跟大衛一起生氣，也可以選擇不要。就這麼簡單。快樂、悲傷或嫉妒，他也都做得到。他喜歡快樂和喜悅、妒忌與怨恨之間的細微差異。他喜歡小孩般的情緒，也喜歡大人的情緒：憤慨、倦怠、懷舊。大衛很容易產生一種後青春期的抑鬱之情，因此經常凝視窗外。他也喜歡這一點。他喜歡漫不在乎，喜歡長期培養起來的漠然與疏離。在大衛感受到這些時，他也都能感受到這些感覺，而且感受得更多。然而，他望向鏡子時，看見的卻是大衛。他越努力集中精神，就越只能看到大衛。他必須記住。他**就是**大衛。

另一個改變是，過去似乎變得不再真實了。他

去的學校、他上班的場所、他到過的地方。他買過、用過、吃過、丟掉的東西。這一切就像故事中的細節。但故事跟他無關。大衛上私立學校,在大公司工作,開著新車。大衛購買並組裝了一部七千美金的立體音響。大衛去過都柏林、清邁、布宜諾斯艾利斯。**他**從未去過任何地方。

有時候他覺得自己像一輩子住在樓上小房間裡的男孩。一整天下來,他會坐在桌子前畫圖,然後從窗戶看著下方什麼動靜也沒有的後院。他已經這樣生活了將近半世紀,結果,某一天,有個長得跟他一模一樣的人走了進來。這人放下東西,到另一張桌子前開始畫自己的圖,此時他才明白,這些年來他並不是一個人在房間裡生活。還有另一個男孩跟他一起,就坐在房間的另一邊,從另一個窗口,看著不同的景色。另一個男孩看到的是前院,所有的活動都是在那裡發生。透過那扇窗,另一個男孩可以看見鄰居跟朋

友們閒聊、郵差遞送信件、孩子玩耍、奇怪的男人開著車緩慢經過街區後又開回來。另一個人隨時都能進出房間。他每天晚上都下樓吃晚餐。他去上學一陣子，回來就長大了。另一個男孩現在變成了男人，這個人讀過書、睡過女人、抽過大麻、結了婚、背著太太出軌、在復活節跟聖誕節上教堂，但**他**卻從來沒離開過房間。另一個男孩就是大衛‧豪，而他們這輩子就一起住在那個狹小的空間裡，距離彼此不到幾呎，呼吸著相同的空氣，聽見相同的聲音，一起在低矮的天花板下方睡覺，可是他們從未說過話，也從未注意到彼此。感覺就像他是第一人稱，大衛是第三人稱，而他們之間有一道由沉默構成的巨大鴻溝。

　　但就算現在知道了大衛的事，他也很確定大衛仍然不知道**他**是誰。他甚至不知道大衛是否有能力發現。

他唯一一次覺得大衛可能感受到**他**的存在時，是在大衛的夢裡。

在其中一個夢裡——應該比較像是惡夢——大衛是一艘孤船的船長。那是一艘速度飛快、造型優美、效力強大的船，但還是很孤單。上面只有大衛一人。他身穿乾淨無瑕的船長制服，站著掌舵，駕著船，越過閃爍、光滑、無盡的藍綠色水面。

這個夢可怕的地方是，世界一片靜默。半點聲音都沒有。沒有鳥，沒有微風，沒有任何海洋生物跳到空中，沒有波浪拍打船身。高速前進的船頭劃過海面時毫無阻力，沒有拉力，也不會顛簸，彷彿這艘船是由某種無重量的材質所打造，而水只能從它光滑且不為所動的船身滑過。

在另一個夢裡，大衛夢到了一個男人，一個不

是大衛的男人。男人住在一座偏僻的島上，那裡小到任何地圖都無法顯示。整座島就跟一棟小房子差不多大。

在這個夢裡，男人不記得自己是否曾經離開小島。沒人造訪過這座島，而就他所知，甚至也沒人知道他的存在。男人無事可做，只能想著那艘船。男人會知道那艘船，是因為某一次有個瓶子漂到他的島上，裡面是一張船長站在船上的照片。男人不知道該怎麼處置這東西，於是把它安全地埋在乾沙裡，每天都把它挖出來看一次。

在這個夢裡，男人就靠著在小海灘上抓小魚過活。他釣魚時，會想著船上的船長。他發現的照片已經褪色，也幾乎被鹽水和陽光毀壞了，不過男人可以看出那是一艘漂亮的船。他對船長感到好奇，想著他們會不會見到面。

三流超級英雄

　　男人整天都在釣魚和睡覺，偶爾會稍微往外游到海灣，彷彿這樣就能讓他更接近那艘船。晚上，他會閉起眼睛，想像船長就在外頭廣大的海洋上，在平靜、深沉的水面滑行，永不停止。

* ✳ *

　　**隨著一週又一週**，一個月又一個月的時光逝去，他越來越習慣當大衛了。不是所有的事都變得更糟。仍然有一些樂趣存在。有些甚至變得更明顯了。他喜歡透過大衛的耳朵聆聽音樂。拉赫曼尼諾夫或馬勒。他喜歡大衛對食物的品味，喜歡大衛偏好用非常熱的水洗澡。他喜愛在週六上午去戶外市集，尤其是下雨的時候，可以站在帆布底下，被裝著農產品的箱子包圍，聽著接連不斷的雨聲，空氣中還有蘋果成熟以及雨水從潮濕路面揚起的淡淡金屬味。

他也開始更加理解大衛的情緒。他開始理解大衛的信任與懷疑、信念跟知識、忘記和牢記。他明白大衛雖然會感到深刻的羞愧與內疚，可是卻從不覺得抱歉。大衛從不感到抱歉。**他**很抱歉，但大衛從來不會。

事實上，抱歉是唯一一件他會做而大衛不會做的事。他開始覺得這就是這一切發生的原因，而除了大衛存在的意義之外，他存在的意義就是為了這件事。**真正**地抱歉。不是感到抱歉：如果人可以感到抱歉，大衛一定會這麼做。大衛喜歡感受一切。大衛是個感覺狂。

他知道大衛從不抱歉，是因為大衛以前從未向派翠西亞道過歉，就算是他做錯的時候也一樣。現在，當大衛提高音量、脾氣暴躁或沒有為她著想，

**他**就會試著讓大衛道歉。多數時候，大衛的嘴巴會抗拒，所以說出來的話聽起來很扭曲、苛毒、冷酷、不誠懇。不過大衛偶爾感到睏倦或沒注意的時候，他就可以在不受大衛干擾的情況下偷偷出來說點什麼。

這種情況經常在週六或週日午後發生，大衛會躺在沙發上看電視，派翠西亞則在房間裡走動，做她的事，過她的生活，而她不太會抱怨，甚至不抱怨她的丈夫已經或正在變成什麼樣子。他會等到她經過他，快要走出房間時，就像呼氣那樣迅速輕聲地說：「我對……**這一切**……很抱歉。」她會露出困惑的表情，但他看得出來這些話觸動了她。

然而，大衛跟派翠西亞還是隨著時間漸行漸遠了。他開始覺得他永遠無法確定她到底知不知道。有時候他很確定她知道。有時候他很確定她不知道。他並不明白，這個跟大衛生活了十四年的女人怎麼會看

不出這麼明顯的事，怎麼會看不出他正在或已經或將要變成什麼，怎麼會在那奇怪的身材比例跟堅硬的肉體下看不出**他**。原因或許反常卻也有理：跟他最親近的人最不可能或最不會被嚇到。

整個秋天，有許多夜晚，他們連一句話也沒說。氣氛似乎變得越來越冷。傍晚時，他們通常會待在同一個小房間，把暖氣開到最強。他們吃完晚餐後就安靜地收拾。隨後，大衛會在角落閱讀，從封面到封底讀完一整本雜誌，或是偶爾讀一本在大學讀過的褪色傳記。派翠西亞則是坐在一張覆滿灰塵的舊椅子上，幫學生的作文打分數，而那張椅子是他們新婚時一起去買的。

有些夜晚，如果她提早結束，就會到廚房替大衛倒一杯蘇格蘭威士忌，自己也會喝一點葡萄酒。大衛會說謝謝，接著他們會繼續安靜地坐在那裡，喝點

三流超級英雄

酒，然後再喝一點。

在某些冷冽、明亮的夜晚，當月光透過窗戶照進房間，他們會面對面睡著：大衛向左側躺，派翠西亞向右側躺，而大衛的手會放在她的腰際。在這些夜晚，大衛仍做著船隻和島嶼的夢時，他可以在天亮之前一兩個鐘頭醒來，聽著派翠西亞的鼻子發出那些細微顫動聲。他會躺在大衛的身體裡，感受它咯咯地運轉，感受它輕輕地排出又填滿空氣，就這樣等待著日出。他認為這些夜晚很棒。

還有一些非常棒的夜晚，多半是大衛工作到很晚、多喝了幾杯、身體也特別疲累的時候。此時待在體內感覺就像躺進裝滿楓糖漿的浴缸裡。很有趣，但不是非常舒服。他覺得大衛的疲勞像是一種黏性，一種沉重感。他知道大衛幾個鐘頭內都不會醒來，而在這些非常棒的夜晚裡，他可以做的不只是聆聽和躺著。在這些晚上醒來之後，他會先等待幾分鐘確認，

然後才開始。

他不太確定自己在做什麼。那不是移動。比較像是躁動或甚至共鳴。對他來說，這就是在喊叫，就是在胡亂擺動手腳。在大衛沉重且沉睡的巨大身軀中，他很小、很輕，幾乎沒有重量。不過在辛苦的努力之下，他總算能夠勉強讓睡著的大衛張開眼睛。他繃緊一切，拚命掙扎，緊抓住任何一丁點細微的進展。再度陷入睡眠就是失敗。比失敗更嚴重。遺忘。他不常有這種機會，如果沒把握好就會是沉重的打擊。他從不知道自己能否再有這種機會。通常他必須先勉強讓一邊的眼皮張開，然後是另一邊。第二次總是比較容易。他不知道花了多久時間。可能只有一分鐘，不過感覺像好幾個小時。

把大衛的眼睛打開之後，下一步就是要使用大衛的喉頭。他耐心地勉強發出輕微嗚咽聲，聽起來就像一隻困惑的動物。他不確定派翠西亞看到或聽見的

大衛是什麼樣子。他猜她所見到的大概不是他想表現
出來的樣子。

　　她見到的不是他在裡頭胡亂揮打。那只會令人
感到輕微的痛苦，或是不安，或是混亂。她見到的是
她丈夫躺在那裡，鬆弛的下巴、水汪汪的眼睛、靜止
不動的身體。她第一次見到這種情況，也就是他第一
次打開大衛的眼睛、在黑暗中安靜注視著她時，她害
怕到摔下床落在堅硬的地面上，驚醒了大衛。

　　然而，這種情況每發生一次，她的驚恐就會減
少一分。隨著時間過去，她似乎明白了自己看著的人
是大衛也不是大衛，是她的丈夫，卻也是陌生人。

　　他們會一起躺著，派翠西亞在她的身體裡，他
在大衛的身體裡，而他會看著她，他看著她時不會帶
有大衛的知識或記憶或內疚，他看著她時就像從未見

過這世界的一切，就像他不知道自己或她的名字。派翠西亞會在床上坐起身，把大衛的頭放在她的大腿上，然後他們就這樣對看著，在那幾分鐘裡，他變成了什麼、發生了什麼事、他們該怎麼辦，這些都變得不重要了。船長在哪裡，他要去哪裡，他去過哪裡，這些也都不重要。她不在意自己對他一無所知，他也不在意自己對一切一無所知。他不介意就這樣躺在那具輕輕睡著的軀體裡，而她則撫摸著大衛的頭髮，一次又一次地對他說，**我知道，我知道，我知道，我知道**，此時，在世界的另一端，在那艘安靜閃亮的船上，大衛正航行於無邊無際的大海。

三流超級英雄

# 自學的麻煩

## 1. 時間 T 等於零

A 在火車上以每小時七十公里（70 km/h）的等速度在 x 軸上往正西方行進。他站在火車末端，帶著一些喜愛的心情回頭望向位於座標（6, 3）的城鎮，這是他的出發點，也是大學和幾個朋友的所在地。他帶著一個手提箱（30 公斤）和一小本裝訂的冊子（他的論文；0.7 公斤；7 年）。

利用以上資訊計算出 A 的最終位置。

**2.** 假設 A 很寂寞。假設 A 離開（6, 3）是為了找到能與他心中對純理論的愛同樣重要的某個人。A 對自己

說：「在（6, 3）這種城鎮裡不可能有人的重要性如同我對純理論的愛一樣重要。」就連他那位受人敬重的指導教授兼導師 P 也不行。

A 懷疑 P 是個閉門造車的經驗主義者，只會用世界驗證他的理論，而不是以理論驗證世界。

A 有一次闖進去，逮到 P 彎腰靠著桌子，臉上露出愧疚卻又滿足的表情，**近似**，就在他的辦公室裡。


## 3. 相對運動

在火車車廂裡，A 注意到 B。認為 B 很漂亮。

（a）A 立刻認出 B 不是物理學家。

（b）然而，他還是估計了他要採取的方法。

（c）A 好奇，我該把 B 的各項數值填入哪個公式？

A 好奇，雖然 B 很明顯未受過力學的正式訓練，但她能不能學會一些基本概念，用我的方式瞭解世界？

（d）A 注意到她不一致的假設。她浪費掉的臆測。

她那可愛的不精確。

（e）他決定測驗她一次。

（f）A說：如果一個拋體以跟地球呈 30 度的角度發射，初始速度為 100 m/s，那麼它會行進多遠？

（g）B注意到他散發緊張又古怪的信心，他用刮鬍刀剛剃過的下巴，他的領帶短了一吋，一撮沒梳到的頭髮。她被吸引了。

（h）B逗弄A。

（i）B說：哎呀，答案不是取決於風有多大嗎？

（j）忽略風的因素，A說。

（k）可是我要怎麼忽略風？

（l）忽略風的因素，A說。

（m）你是說沒有風嗎？

（n）A說風可以**忽略不計**。他的語氣帶有一種愉悅。其他乘客翻白眼。

（o）A說，這對問題的目的不重要。A還說，而且這會讓數學題變得太難。

（p）A看著 B 呆傻、期望、漂亮的臉龐。她對物理學的理解嚴重不足，讓他覺得可憐。他要怎麼向她解釋必須忽略的事：風、大象、餅乾、空氣阻力。還有：晨露、報紙上的大多數內容、與隨機熱耗散有關的大多數因素、木瓜的味道。還有：拋體的質量、拋體的形狀、其他人的想法、統計雜訊、盧森堡的首都。

（q）A好奇：我能夠跟一個非常可愛但不知道怎麼處理所有其他常數的女人在一起嗎？不知道如何找出變數？


A 心想：


i.　　她會從我的角度出發；

ii.　　她會為了我改變；

iii.　　我會教她。

B 心想：

i.　他很孤單；

ii.　我可以讓他不這麼孤單；

iii.　我會為了他改變。

**4.** A 在（6, 3）的城鎮待了七年（2,557 天，4,191 杯咖啡）。

他在那裡寫論文（79 頁，841 個獨立的方程式）。A 的論文主題是非線性動態方程式。

（a）他在其中發現了一個微小的原理。

（b）寫下證明的最後一個步驟時，A 笑了。

（c）A 的微小原理，是關於一個代表全世界所有可能結果的微小子集當中一個微小碎片上的微小部分。

（d）A 把這個結果告訴他的指導教授兼導師，也就是受人敬重的 P，而 P 露出了微笑。A 感到雀躍。

（e）P 說：雖然缺乏優雅，但十分精確。

（f）P 也說：真是美妙的**微小**結果。

**5.** A 和 B 在沒有摩擦力的斜面向下滑。他們正加速前往必然。家庭生活。有些婚姻是由愛推動，有些則是由引力。

## 6. 三體問題

對正以橢圓形路徑繞著 B 轉動的 A 來說，事情變得越來越複雜了。B 仍然固定不變，還生了他們第一個孩子。醫生和護理師週期性地繞著 B 運行。

（a）已知 A 的質量（現為 80 公斤）和 B 的質量（現為 55 公斤），運用牛頓的萬有引力公式計算出 A 和 B 之間的引力：$\frac{G(mA)(mB)}{r^2}$，其中 G 為引力常數。

（b）從 B 靜止不動的角度想像這種情況。天體繞著妳轉動時，妳會將注意力集中於痛苦、安靜的空間、寶寶。看看 A，他正充滿愛意地在妳身

邊踱步，擔心妳的健康。妳好奇：A 在想什麼？

（c）現在從 A 的角度想像情況。你好奇：萬一那個孩子變得跟母親一樣呢？萬一那個孩子不懂理論呢？你花了這麼多夜晚跟 B 躺著不睡，試圖教她如何看待世界，如何理解其運行的原則、一切現象背後的運作。你花了許多時間看著 B 哭泣、挫折、不理解。

（d）此即天體動力學領域中著名的**三體問題**。

（e）簡言之，這是指計算三個不同天體之相互引力作用的問題。

（f）自從克卜勒時代以來的天文學家都知道這個問題極難解開。

（g）如果是兩個天體，問題就微不足道了。如果是兩個天體，我們就可以簡化宇宙，清空一切，只留下月亮與地球，或是 A 和 B，或是太陽跟一顆灰塵。公式可以透過分析解決。

（h）遺憾的是，當我們在運動方程式中加入第三個

天體，公式就會極為棘手。數學運算很快就會變得非常複雜。

（i）A直到最近才開始覺得比較能夠預測B的路徑、B的行為，她的攝動[1]以及奇怪的運行方式。他心想，結果現在又發生這種事。另一個天體。

（j）B在自然產時發出痛苦的尖叫聲。她看著A的眼睛。他在想什麼？她的A，她那古怪又無法理解的丈夫，他會成為好父親嗎？

（k）A大致上都在想關於痛苦的概念。A有了個很妙的想法，想把它寫下來。


## 7. 轉動慣量

（a）A和B都未移動（VA = VB = 0）。A躲在他的書房角落。他正低聲說話。

（b）B在屋裡另一邊看電視。

（c）A在跟J交談，J跟S結了婚。S是A的好友。

（d）J的身材比B瘦。S的年紀比A大。

（e）B 在聽 A 說話。S 在聽 J 說話。

（f）其他在聽的人：鄰居：Theta 和 Sigma、Delta 和 Phi。

（g）其他在聽的人：社交圈：Phi、Chi、Psi。Eta、Zeta、Nu。就連 Lambda 也在聽。

（h）其他人只是推測，說 A 跟 J 會是**天造地設的一對**。A 嘴上說不，心裡說好。J 臉紅了。

（i）S 對 J 施力。A 對 B 施力。A 想要對 J 施力，而 J 希望 A 對她施加相當大的力。

（j）B 進了走廊。A 聽得到 B。B 聽見自己每走一步，A 的聲音就跟著越來越小。A 僵住不動等待著，準備掛上電話。

（k）B 改變了速度，走進廚房，假裝沒聽見。

（l）A 沒動。B 沒動。力量抵消。每個人都靜止了。


## 8. 部分解答

（a）翻修廚房；

（b）翻修他們自己；

（c）參加獵遊；

（d）參加「研討會」；

（e）花大錢購買奢侈的耐久性消費品；

（f）在工作時向渴望的對象稍微示愛；

（g）開始學高爾夫；

（h）找出一種症狀並自我診斷；

（i）養一隻純種狗；

（j）信仰宗教；

（k）在後院造景；

（l）再生一個孩子。


## 9. 思想實驗

（a）想像 A 正在建造一艘太空船。他已經厭倦每天都被推擠、拉扯、扭轉、催促、碰撞。失去動力。他對自己的論點一再失敗感到厭倦。每一天對 A 的**定理**都是例外。每一天它都會變得更

陌生一點——原本還是閃閃發亮未使用過的工具，簡潔又無瑕。現在它充斥著漏洞，只能用臨時又站不住腳的假設來支撐。A的**定理**雖然記錄了過去的一切例外，卻無法成功預測未來。

(b) 要處理衛星運動的問題，最簡單的方式就是從能量的角度出發。

(c) 一整年來，每天晚上A跟B吃晚餐時都沒說話。一整年來，每天晚上A都會點一根菸，開一罐啤酒，到車庫去處理他那艘想像的太空船。有時候，他會懷疑。有時候，他會洩氣，納悶想像出這一切麻煩到底值不值得。

(d) 後來，有一天，A造好了太空船。就算是想像的努力也會成功。

(e) A啟動他的想像飛行器，聽著它的轟鳴聲。它發出許多想像的噪音。B試著用說話聲蓋過，可是引擎聲震耳欲聾。

(f) B對A大喊，就對著他的臉。A看見B失控般

比著手勢。為什麼她要這麼瘋狂？

（g）一顆天體在衛星運動中的能量是由它的動能加上位能。公式如下：

$$E = K + U = \frac{1}{2}mv^2 - \frac{GmM}{r^2}$$

（h）A看著B發狂似的在車庫周圍移動。A注意到B看起來很迫切，彷彿想要他停止，想要抓住他，想要阻止他離開地球。

（i）A的太空船正在加熱。他心想，是時候了。他握住想像的操縱桿，接著計算軌跡。他短暫享受著震動全身的低頻聲。他的未來就在眼前展開。

（j）他在移動了。他的過去自行封閉起來，落在後方離他越來越遠。

（k）一個拋體從地球表面發射時的逃逸速度，vesc，是指拋體從地面發射時克服重力並永遠離開地球所需的最小速度。

三流超級英雄

（1）他不完美的定理、他不完美的信用、他不完美
的房子、他不完美的膀胱、他不完美的痔瘡、
他不完美的牙周病、他不完美的職業、他不完
美的陰莖：消失了。這些也消失了：他以前的
互動、他過去的衝突、他的過去。A 終於實現
重大的成果了。他不會再受到重力記憶的持續
拉扯。

**10.** A 在深太空。太陽風在他背後以 0.000000001 m/s
的速率推著他。

以這種速率，他整個下半輩子移動的距離大概
只能勉強超過八呎。B 在一顆太空岩石上，看著 A 如
冰河般漂移。想像你是 B。

（a）想像你距離 A 二十公尺。近到足以看見他的
臉。近到足以知道他的樣貌。近到足以想像
跟他接觸。

（b）你有一條繩子。如果丟得好，也許你就能夠把

自己跟 A 綁在一起，改變他的方向，影響他的軌跡。雖然你無法讓他停下，可是你或許能夠跟著他漂流到任何地方。

（c）假設你的力量普通。假設你有高於平均的同情心、耐心、意志力以及決心。

（d）如果你丟出繩子但沒丟中，會怎麼樣？如果你完全不丟出繩子，會怎麼樣？

（e）想像你會花上八十年的時間待在這個太空人附近，這個穿著隔絕太空衣的男人。想像你可以漂蕩在這個男人身邊，看著他進入無垠的太空。

（f）你永遠不會知道其他論點、其他問題、生物化學之謎、文學的奇妙、拓撲學的樂趣。你只會知道物理學。

（g）你永遠不會知道他在太空衣裡的感覺。

（h）你永遠不會知道為什麼自己在這顆岩石上。

## 11. 初始條件

　　A 在火車上以每小時七十公里（70 km/h）的等速度在 x 軸上往正西方行進。他帶著一個手提箱（30公斤）和一小本裝訂的冊子（他的論文；0.7 公斤；7年）。

　　他站在火車末端，回頭望向（6, 3）的城鎮：這個點充滿悲傷，是向量的來源，是渴望的所在地；就跟其他所有的點一樣。

# 我最後扮演我的日子

這個新來的女人沒舊的那個好。**我**不喜歡她，我也是。在第一天，我就發現了關於這個新女人的三件事：

（1）她太矮了，不適合扮演**我的母親**。
（2）她的氣味不對。
（3）她穿上胖子套裝①時，看起來不像**我的母親**
——看起來像個穿上胖子套裝的女人。

這種情況在每一集結束時的**母子溫柔互動**造成了一些問題。首先，由於她太矮了，所以我必須傾

三流超級英雄

身到幾乎彎腰的程度，才能夠在拍特寫時面對面靠
近她。

　　而我那麼靠近時卻又很難專心，因為她的味道
聞起來很奇怪。要是我無法專心，我就不能露出**展現
溫柔**的表情。而要是我不能露出**展現溫柔**的表情，又
要怎麼適度地引起**一絲憂鬱**？

＊　＊　＊

　　身為**我**，我的主要工作就是引起**一絲憂鬱**，而
且要盡量頻繁與精確。例如：

**第 4,572,011 集**

　　——晚餐很棒，媽

淡入：


──家裡廚房內，傍晚


我
晚餐很棒，媽。


媽
不。才沒有。


我
有，真的。真的很棒，媽。
這些豆子真的很滑順。


媽
太鹹了嗎？

我

不，不會太鹹。

媽

太鹹了吧？

我

不，一點也沒有。不會太鹹。

媽

太鹹了。我知道。

我

（突然大發脾氣）

不，媽，不會太鹹。我沒那麼說。為什麼妳要說我那麼說？這些豆子的口感很滑順。這些豆子很完美。這些豆子完美得要死。它們弄得很好

看，而且不會太鹹。為什麼妳都聽不進去？

媽
對不起。你只是客氣而已。它們太鹹了。

我
天哪，媽。我才剛講過。天哪。媽！這些豆子很滑順。不會太鹹。別說對不起。我愛這些豆子。我超愛的。我不是在客氣。我知道它們是豆子，我知道它們只是豆子，雖然這麼說好像很蠢，可是我真的很愛。拜託，拜託。別說對不起。拜託別再說對不起了。

媽
對不起。

我

　　我才講過別說對不起了。妳對不起什麼？妳
有什麼好對不起的？我發誓，要是妳再說一次對
不起，我的頭就會爆掉。

　　媽
　　對不起。

　　我
　　（突然帶有一絲憂鬱）
　　對不起。對不起，我太大聲了。妳為什麼要
對不起。別說對不起。

　　媽
　　對不起。

✴　✴　✴

先把事情說清楚。**我**是十六歲。我是二十二歲。從有記憶以來，我就一直在扮演**我**。那段時間裡，有三個男孩扮演過**我弟**，有八個女人扮演過**我的母親**。

我承認，**我的母親**肯定是**家庭**中最難的角色。在為每個**我的母親**選角時，我猜他們是試著想選一個年紀能夠配合**我**跟**我弟**的女人。第一個我幾乎記不得了，只記得她的皮膚很溫暖。**我的第五個母親**也非常棒。她教會**我綁我**的鞋帶。

我很想念最近的那一個。在**青春期系列**中，她起步得比其他人都慢。可是她很努力。她一直很努力。技術層面：**殉道情結、堅不可摧的女性領袖、整個世界的重量**。在她那段期間，每一次演出都有一個方向。每一種姿態都有一個目的。

她在最後一年表現最棒。在這一季裡，**我**提早

一年念完了高中。**我父親**的角色從節目中去掉了，理由跟對婚姻不忠有關。那個人只是想結束合約。他在裡頭待了太久，也不喜歡自己角色的發展：節目中的支柱，穩定的出場，是位詼諧、性冷感、**在情境喜劇中留著鬍鬚的無害老爸**。

最後一季是節目史上最棒的一季。**我和我的母親**平均每週都會有將近十四次**溫柔互動**。**家庭**的收視率達到前所未有的高點。**我母親**幾乎每一集都會**哭得很可憐**。她有**很大的問題**。看她**受苦**真是種享受。真正的專業人士。

＊　＊　＊

然而，這個新來的女人不是專業人士。我明白要她照著前人演會給大家帶來麻煩。我不期望這能永遠持續下去。我很實際。真要說的話，我很實際。

可是，這個新來的女人。她真的與眾不同。她完全是個門外漢。我猜她這輩子從未扮演過**母親**。首先是氣味。還有就像我之前提過的，她穿那件胖子套裝不太適合。

她的第一次演出是場災難。

**家庭**的情節正來到六集故事的中段：**我**有了一位**戀愛角色**，**我**失去了**戀愛角色**，**我**有了**失去的經驗**。

那天我們要拍的場景對她來說應該是最簡單不過的了。**我**正在等**戀愛角色**打來，所以去找無線電話。**我**進入**我母親**的臥室要拿電話。

**第 4,572,389 集**

——嘿，媽，妳有看到無線電話嗎？

淡入：

──我母親的臥室內，清晨

我
嘿，媽，妳有看到無線電話嗎？

**我的母親**就躺在床上，她已經換了衣服，打算
要去超市。

媽
我想你把它放在廚房流理臺上了。

我
謝了。

場景應該在這裡就要結束。前一個女人就是在這裡結束的。可是這個新來的女人有自己的想法。

媽
（要求關懷）
你可以留在房間裡嗎？

「妳在做什麼？」我低聲說。

媽
我不想去超市。我不想去任何地方。我只想跟你說話。

當然，這些都不在劇本裡。我試著解釋。

「這裡沒有**互動**。」我說。我做出明顯拿著劇本的動作。我嘗試指著看不見的頁面，搖了搖頭。

　　她以為這表示我想要一個**溫柔擁抱**。真糟糕。她穿著不適合的胖子套裝走向我，淚水已經流出來弄髒了她化的妝。她的臉都花了。我才不想要來個**溫柔擁抱**，因為劇本裡沒寫到，因為現在是一大清早，她的口氣聞起來一定很怪，也因為我幾乎不認識這個新來的女人。

　　不用說，在「**妳有看到無線電話嗎？**」演到一半時來個**溫柔擁抱**太突兀了，簡直令人討厭。這個場景**我**已經演了上百萬次，從來就沒做過**溫柔擁抱**。更別提**要求關懷**了。在普通節目演到一半時**要求關懷**。這是最讓我困擾的。

　　**我**
　　（*假裝沒注意到我的母親在要求關懷*）
　　**噢，電話在那裡。**

媽

（像個小孩）

你可以留下來一會兒嗎？


我

（試圖避免互動）

謝謝妳幫我找到電話，媽。


媽

（像個小孩）

拜託？


我轉身走出門。**我的母親**輕聲啜泣。導演喊卡。

＊　＊　＊

接著，我走到後面抽了根菸。扮演**我弟**的人也正在巷子裡抽菸。

「嘿，老兄。」他從耳後抽出另一根菸，然後幫我點火。「嘿。」我說。

我就是在此認識了扮演**我弟**的人：他的名字叫**傑克**；他的菸癮很大。在**家庭**中，他扮演**我弟**，年紀是十四歲，不過傑克其實比我大。我不確定大幾歲，但他有魚尾紋，而且早上才過一半就又冒出了鬍渣。通常我們不太說話。

「她會進步的，」傑克彷彿自言自語地說：「情況會改善的。」

「嗯，至少不會更糟。」

我們抽了很多菸。彼此沒說太多話。

情況更糟了。新來的女人似乎下定決心要把每一次**互動**轉變成不應該有的樣子。

**第 4,572,866 集**

──沒人會在我母親五十二歲生日時打給她

淡入：

太陽下山了。只有**我**跟**我的母親**在家。**我**在翻冰箱。**我的母親**在假裝看雜誌。兩人開始明白沒人會在**我的母親**五十二歲生日時打給她。

──家裡廚房內，黃昏

我

（安慰的語氣中帶有一絲憂鬱）

嘿，媽。生日快樂。我們去吃晚餐如何？


媽

（毫不掩飾的失望）

謝謝你。你不必這麼做的。


我

（安慰的語氣中帶有一絲憂鬱）

那麼，我們該去哪裡吃晚餐呢？


媽

（幾乎無法掩飾害怕獨自變老的心情）

隨便。你選吧。義式料理？


我

（明白安慰的語氣沒用，心想接下來該說什麼）

好。義式料理不錯。


媽

（發現孩子在安慰自己後，覺得膽顫心驚）

太棒了。我去拿外套。


我

（心想接下來該說什麼）

我去發動車子。


導演喊卡。


\* ✳ \*


我走到外面後頭抽菸。傑克也在。

「她是不是很糟？」

「我也不清楚，老兄。你知道嗎？她還不錯。」

「她還不錯？她還不錯？她的臺詞都是硬擠出來的。她會忘詞。她會自己編臺詞。」

「你以前也會。」

「不像那樣。我才不會一副嚇傻的樣子。她會把本來很普通的**憂鬱**變成別的東西。某種沒有特定形狀的可怕東西。無法形容。」

「你要怎麼做？」

「我不知道。也許讓她被炒魷魚吧。」

「老兄。你得冷靜點。這只是工作。」

傑克的工作做得非常好。他**扮演他**比我**扮演我**厲害多了，而且他也很清楚。我懷疑他覺得自己在**家庭**裡是大材小用，覺得他不會在這裡待太久，只是時間早晚的問題。我也懷疑他是天生演員，他不必多努力

就能**扮演他**，而且坦白說，有時候這會讓我很生氣。

他們替**我**跟**我弟**寫的**互動**不多。一兩季之前，我們有一場很緊張的**兄弟憤怒互動**的戲，不過後來幾乎都沒有了。

＊　＊　＊

休假時，我會去公園。空氣很寒冷也並不完美，不如攝影棚裡那種像罐裝的空氣。周圍環境的噪音蓋過了我的內心獨白。我不必聽見**家庭**的原聲帶在建築裡迴盪，那是一種持續循環播放的微弱音樂聲。我拿出口袋大小的便條本和一枝筆，放在旁邊的長椅上。本子的第一頁寫著：**如何扮演我**。

附近有五歲小孩在踢足球。更確切地說，他們正猛烈踢著彼此的脛部，足球則是毫無損傷地留在附

三流超級英雄

近地上。偶爾會有一個人無意中踢到球，造成大家的困惑。不過大多數時間裡，他們都沒碰到球。

在那群黃綠色跟紫銀色的運動服中，有一個男孩的動作比其他人更果決。他脫離團體，用力一踢，讓球低飛如噴射般穿過了橘色三角錐擺成的球門。球滾到我椅子附近幾碼外停住。男孩們期待地看著我。我把球踢給他們，可是太用力了。我們全都看著那顆黑橘色的球飛過他們頭頂，掉在一隻狗旁邊，牠則是聞了聞。

我點了一根菸，拿起保溫瓶，喝了一小口冰咖啡。冰涼的液體擴散至我整個胸腔。我感覺得到在體內流動的每一條小河。我考慮去問男孩們是否能讓我加入，也許當個守門員。因為我剛才踢得太用力了，所以場邊的父母仍然提防地看著我。我想告訴他們那是意外，其實我想跟他們的孩子一起踢球。

我注視著空白的頁面。

**如何扮演我**

1.

2.

3.

4.

5.

6.

7.

8.

9.

10.


我不記得為什麼自己要選十這個數字，可能是
出於樂觀，或者就因為它是個很棒的整數。也有可能

三流 超級 英雄

是悲觀。有十種**扮演我**的方式嗎？為什麼不是九種？為什麼不是一千種？我本來想打給前一任的我，可是後來想起我根本連他住在哪裡都不知道。

足球比賽結束了。大家互相擁抱，一起吃著柳橙。有人在聊披薩跟遊戲場代幣。男孩們歡呼一陣後，就三三兩兩坐進了轎車、休旅車、廂型車。

* * *

隔天我們拍了一場很短的戲。天亮之前，一直下著雨。**我跟我的母親**在各個房間來來去去，漫無目的地晃了一上午。屋內寂靜無聲。午餐過後一起看電視時，**我的母親**要**我**教她怎麼使用電子郵件。

**第 4,572,513 集**

──我是個很棒的人

──電腦室內，下午稍早

**我的母親**坐在電腦前，雙手放在鍵盤上。

我

好了，媽。我們試試看，寄一封電子郵件。
妳想要寄給誰？

**我**在靜默中領悟到，**我的母親**沒有任何朋友。

媽

（假裝沒領悟到同一件事）
我自己。

我

好。

媽
我應該寫什麼？

我
什麼都可以。這只是測試。

她坐著，動也不動，手放在鍵盤上。

我
媽，這只是測試用的訊息。想到什麼就寫什
麼吧。

她打字輸入：我是個很棒的人

她應該亂寫一通才對，隨便寫什麼都可以。不

是這種可憐、誠實、幼稚的東西。不是這種只會讓人覺得孤獨和渴望得到愛的東西。而且，她是想說服誰？

**我**

（試圖避免溫柔互動）

很好，媽。現在按傳送。看到那個小信封了嗎？那就是妳剛寄出去的訊息。按一下。

她打開訊息，大聲讀出來。

**媽**

我是個很棒的人。

導演喊卡。

＊　＊　＊

我終於想通了。

「她是個騙子。」我對傑克說。不過傑克有點醉，沒專心聽。現在是上午十點。

「她不會演**無聊**。她演不好**焦慮**。她演不好**平靜的絕望**。」我撿起一顆泥塊，往巷子的牆壁用力扔。它輕輕地爆裂成更小的泥塊。

「這個嘛，並非所有人都跟你一樣是**專業演員**，」傑克說，「你知道嗎？」他打了個嗝。

「那是什麼意思？那到底是什麼意思？」

他吸了一大口菸，然後移開目光。

「喂，」我說，「那到底是指什麼？回答我。」

「聽著，老兄。我喜歡你，也喜歡你扮演的**我**。不過，你懂我的意思嗎？我是指放鬆點？運用你的，那個怎麼說？」

「創意研究。」

「對啊。總是想當個什麼，我也不知道。」

「**我**。當個更好的**我**。這有什麼錯？」

我發現他對我們這種抽菸休息時間的感受跟我並不相同。我突然覺得很蠢，竟然以為自己瞭解這個**扮演我弟**的人，以為他看待任何事都很認真。

我們抽著菸，好一段時間都沒說話。

「她演得不**動人**。」我終於打破沉默說。

「什麼是**動人**？沒有**動人**這種東西。」

「她不真誠。她不是真心的。」

「真心？什麼是真心？讀好你的臺詞，站好你的位置，盡量別錯過任何提示吧。」

＊　＊　＊

那天晚上，我在片場喝醉了。我醒來時發現自己趴在廚房桌上。宿醉的感覺彷彿有人放了一隻貓狂抓我的臉。到處都是喝了一半的啤酒罐。旁邊有個菸灰缸，裝滿了抽到濾嘴的百樂門。我聽見外頭有鳥在叫，牠們就像長著翅膀的惡魔。我想要成為牠們的一分子。或者，我也想要剪斷牠們的翅膀，然後把牠們

全部射殺。

在走廊上，我看見那個新來的女人正走向她的更衣室。她停在門前，然後看著我。

「妳好。」我說。

可能是酒精影響，要不就是因為我難以站直，所以才集中了精神。總之我發現我第一次看著她。認真地看著她。她的臉擦洗得很乾淨，身上穿著一件我在兩季前穿的 T 恤。衣服蓋到她的膝蓋，像斗篷一樣掛在她的肩上。她穿著從**戲服部**拿的運動褲。大概是**我弟**的。她的體型好小，好像哺乳動物——她皮膚的肌理，以及原本一定很漂亮但後來受損而變得粗糙的頭髮。

我問她大半夜的在這裡做什麼。

三流超級英雄

「我睡不著，」她說，「所以我來這裡工作。我想要為了這個**家庭**把工作做好。」

我想說，妳要怎麼做到？妳以為自己在做什麼？妳又不能指定前提。妳不能說妳很**悲傷**，妳想要得到**安慰**。這些是規則，而**展現溫柔**是要講究時間、地點和方法的。我想說，別這麼說。妳別說這些比較好。但她這麼嬌小，又是個陌生人，所以我只能勉強擠出「做得好」幾個字，我不知道該怎麼做，只能撒謊。

「謝了。」她說。她瞄了我一眼，然後進入房間。

\* \* \*

一週後，我到了片場，結果新的**我**已經站在那

裡跟編劇交談。我早就該料想到了。新來的女人、她的作風、認識傑克這個人並發現他有多麼不在乎扮演**我弟**這件事。我應該要能看出情況會如何發展。

劇組人員看著我的樣子就像從未見過我——化妝、場務，那些我認識了好幾年的人。就這樣，我不再是我之後，對他們而言就什麼也不是了。我到處晃，擺弄點心桌上的乳酪丁，抽著菸，試著不去看我，但還是看了我。他的身高跟我差不多，也許稍微高一點，雙眼有點凹陷。他們在拍「**晚餐很棒，媽**」。我看見傑克站在角落。他揮揮手，走了過來。

「很遺憾，你是這樣發現的，老兄。」
「你是什麼時候知道的？」
「我根本不知道。」

「我不相信你。」開拍了。有人發出噓聲要我

們安靜。我們看了一陣子。後來我發現傑克也被換掉了。那是某個大學生，肩膀很寬，牛津襯衫的袖口翻到他粗厚的前臂上。他就像從商品目錄走出來的人物。

　　「這傢伙根本不會演**一絲憂鬱**。」我嫉妒地說。是真的。

　　「是啊。」

　　「我是說他真的演得很爛。」

　　「是啊。他很爛。」

　　「什麼？」

　　「什麼？」

　　「你在想事情。」

　　「不，我沒有。」他反駁。我看了他一眼。

　　「呃，這個嘛，別誤會我，我認為你很棒，你演得非常棒，該是什麼就是什麼。」

　　「不過。」

「不過，這個嘛，為什麼每次都得要**一絲憂鬱**？」

這時我才明白他的意思。我的肚子像是開了個大洞，我的臉頰跟耳朵都變得溫熱。

新的**我**說臺詞時，直接就切換為**自在**模式。他講出「滑順」時的發音，他在說「豆子」時聽起來很悅耳。他演得很棒，讓所有人都忘了自己是在看演出。現場非常安靜。劇組人員都不說話了。

我因為自己的笨拙嘗試而感到丟臉，因為我看得出**我的母親**很快樂。不知她或任何看到演出的人是否會想念我那些有缺陷又微不足道的實驗，想念我投入**憂鬱**的意願，想念我試圖好好**愛我母親**的拙劣表現。想念我透過**悲傷**尋求快樂的那些努力。

新的**我**演不好**憂鬱**，不過他在別的方面幾乎都

做得很好。他做得到**無聊**。他做得到**諷刺**。他甚至做得到**竊喜**。那些高級技巧。但重點是，我覺得他甚至不知道那些名詞。他不思考：現在**我**應該要把頭側向這裡，皺起眉頭開始**自貶**，開始**惋惜**。他略過了。我在這個地方彈著不穩定的單音，他卻演奏出和弦。巨大、隆隆作響的雙重和弦，八、九、十個音同時出現，各自帶有不同的力度，全部一起出現。

我心想，為什麼我總是要讓每件事都帶有**一絲憂鬱**？為什麼我覺得一切都是為了**互動**？為什麼我非得要強調所有的情緒？為什麼沒人向我說明，我就只要傾身彎下腰，忘掉劇本，忽略她身上奇怪的氣味，對著**我的母親**，對著那個穿胖子套裝的奇怪女人說：強調語氣的對不起跟普通語氣的**對不起**，強調語氣的我愛你跟普通語氣的**我愛你**，以及我在這裡，我是**妳的兒子**，是個陌生人，是個嘗試扮演他的人。我們會沒事的。

# 透過惡意與名聲之雙人
# 無限重複同步半合作賽局

**1**

史上最高分紀錄產生於 2016 年 7 月 24 日。

**2**

當天，加拿大尤里卡的威利‧庫許納（七歲）
獲得了 1,356,888 分的成績，包括所有加分關卡。

**3**

威利運用修改過的史塔布斯－金斯基方法（1973
年），進行了一場持續超過九千回合的遊戲。他總共

玩了十一天六小時二十四分鐘又三秒。

## 4

　　威利的母親負責計時。她也會餵威利吃東西，並用濕毛巾擦拭他的臉和脖子。她每天會這麼做兩次，早上一次，晚上一次。

　　遊戲結束時，盤腿坐在臥室地上的威利抬起頭看著母親。他問她：「妳為我感到驕傲嗎？」威利的母親非常驕傲。

## 5

　　遊戲會在一位玩家走進房間並發表陳述時開始。陳述可以是實話或謊言。如果附近有另一位玩家聽見陳述，且這位玩家的設定已變更為**接受事實**，程式就會開始運作。子程式會載入。這就是遊戲的開始，遊戲也一直都是這樣開始的。

## 6

在如同跑馬拉松般努力的期間，威利食用了四十三個波隆那乳酪三明治、七點五加侖的柳橙汁，以及一百九十一片 Oreo 餅乾。他在遊戲期間的平均脈搏很穩定，每分鐘六十四下。監控威利情況的醫生們注意到他幾乎沒有排汗。

## 7

威利破紀錄期間的程式運行時間摘要顯示，由威利控制的一號玩家總共提出了整整九千零四十個陳述。其中，有五千個是關於世界的陳述，四千個關於其他玩家的陳述，三十個關於他自己的陳述，以及十個關於前面所有因素的陳述。

威利提出的陳述中，有七千五百個是真實的，一千五百個是虛假的，六十個陳述既真且假，十個陳述不真不假，一個陳述虛假又漂亮，還有一個陳述不

真不假也不漂亮，但它有趣、悲傷又討人喜歡，而且最重要的是文法正確。

## 8

遊戲中的基本工具是發送向量目光。每位玩家都有一個。發送向量目光會從玩家頭部的中心開始向外延伸，跟玩家身體的矢狀面平行，且與冠狀面垂直。玩家可以將目光向量對準到前方周邊視野九十度的範圍內。

## 9

遊戲中的另一個重要工具是接受向量目光。接受向量目光跟發送向量目光一樣。它們是相同的東西，卻擁有兩種名稱，以不同的術語描述，取決於玩家當下處於對立的哪一方。

## 10

　　基本原則如下：一位玩家發表事實時，會露出發送向量目光。另一位玩家接受事實時，則會露出接受向量目光。

## 11

　　發送向量目光的平均長度為三碼。在發送向量目光的範圍內，玩家能夠汲取資料並對世界做出真實的陳述。發送向量目光的長度與空間定位會決定玩家針對世界所能提出的陳述。發送向量目光越長，玩家能夠針對世界所做出的陳述就越多。這些陳述可能是真也可能是假，可能漂亮或不漂亮，但這些就是他們唯一能提出的陳述。

　　不過，要注意，即使是非常長的發送向量目光，也無法幫助玩家提出關於其他玩家的陳述。稍後會再詳述這一點。

## 12

威利選擇以**一號玩家**開始遊戲。

## 13

每位玩家都必須對自己做出特定的假設。

## 14

威利選擇了**夫妻**模組。

他假設了下列項目：

「我三十七歲。」

「我賺的錢比我應得的還多。」

「我有一位漂亮的妻子。我知道她很漂亮，因為大家都這麼告訴我。」

「就我所知，全世界都沒有讓我依戀的人事物。」

**15**

其他模組包括**兄弟、父子**，以及**徹底的陌生人**。

**16**

鏡子功能在遊戲中很有趣。它會讓向量轉變方向。鏡子會使人分不清發送向量目光和接受向量目光之間的差異。另一種功能是黑盒子。我們對黑盒子所知不多。

**17**

**抱歉功能**已經更新，可用於較為實際的遊戲內容，尤其適合戀人或陌生人。

**18**

遊戲的另一個更新功能是**常識**。**常識**會在以下情況啟動。倘若**一號玩家**走進房間並提出一個真實的陳述，而**二號玩家**在範圍內聽見了這個真實的陳述，

三流超級英雄

此時就能獲得**常識**。在此情況中，**一號玩家**必須在說出真實陳述時將發送向量目光指向**二號玩家**的接受向量目光。**二號玩家**聽見事實後就會知道。由於一號玩家露出了目光，所以**一號玩家**會知道**二號玩家**知道事實。由於**二號玩家**露出了目光，所以**二號玩家**會知道**一號玩家**知道**二號玩家**知道事實。同理，**一號玩家**會知道**二號玩家**知道**一號玩家**知道**二號玩家**知道事實。無限的知識層級就此產生。這種情況就像玩家之間有一道螺旋，而每位玩家都知道關於對方的無數個事實。

**19**

威利寫下：

很多人都會花太多時間決定要當一號玩家或二號玩家。在我看來，這是第一個錯誤。跟我說話的每個人都想知道我如何得到高分，

可是我告訴對方以後，他們卻拒絕相信。恐怕你們雜誌的大部分讀者也不會相信，但我還是要再說一次，因為也許還是會有人願意接受。

**20**

威利也寫下：

抱歉並不是表面那樣。這就是我跟你們這些普通玩家的主要差異。

你們這些普通的週末玩家認為抱歉是一種防守的手段，要用來阻擋發送向量目光。

專業人士會把抱歉當成一種中立的舉動。

**21**

三流超級英雄

威利做出結論：

業餘玩家說出抱歉時，意思是：我希望那沒
發生，但世界就是這樣運作的。

有實力的玩家說出抱歉時，意思是：那已經
發生了。

＊　＊　＊

妙招：此外，感謝密西根州大急流城的韋恩‧
加爾薩提供了**本月最佳招式**。

韋恩寫下：

**常識在鏡子裡也有效。若要使用，請進入一
號玩家的屋裡。這是在遊戲非常初期的階段。**

程式會將你安置在城市廣場。往南走兩個單位，再往西走一個單位。找到一間有藍色屋頂的白色房子。進去（門是鎖上的。鑰匙在地墊底下）。

我們的工作人員已經確認了韋恩的訣竅確實有效。如果你要嘗試，請依照下列指示：

A. 從門口進入正廳到右側的第二道門。這是客用浴室。打開蓮蓬頭。確認這是熱水。關上門，讓浴室充滿水蒸氣。

B. 當鏡子因為水氣凝結而變得模糊不透光，請站到鏡子前，保持大約一呎至十八吋的距離。這就是所有發送向量目光的最佳長度。處於此長度時，發送向量目光就會擁有獨特的性質。擦掉玻璃上的一小片區域——差不多六吋長三吋寬——這樣鏡子就會反射你的發送向量目光。現在，看著自

三流超級英雄

己。繼續看。不要移開目光。站著別動。不要移開目光。遊戲會一再問你是否想移開目光。拒絕誘惑。注意即將發生的事。你的發送向量目光會開始從鏡子反射進入你倒影中的接受向量目光，然後反彈回來。向量會不斷來回反射，進入鏡子又出來，進入你的頭部又回來。

C. 經過一段時間後，小視窗就會彈出，而遊戲會一次又一次問你：你確定嗎你確定嗎你確定嗎你確定嗎？把這些小對話框全部點掉。新視窗會彈出來問你是否想終止子程式。遊戲會認為發生了某種錯誤。也繼續把這些視窗關掉。站著別動，還有，無論你要做什麼，千萬別移開目光。

D. 如果你等得夠久，遊戲就會放棄並覆寫預設值。它會把你在鏡子裡的倒影視為不同的玩家，也就是**二號玩家**。現在你是**一號玩家**，而你的倒影是**二號玩家**。現在，說你很抱歉。說出一件真實的事。你會知道，而你會知道你知道，而你會知道

你知道你知道你知道你知道你知道你知道你知道你知道你知道。你會知道無數關於自己的事，這是一種無限後退的情況，不斷變短直到消失點，產生一種陳述的層級，越來越長，越來越抽象，持續退縮至遠方，越來越遠離世界，它們全都不漂亮，卻全都是事實。

# 現實主義

　　我 的 母 親 正 在 讀 一 本 書：《 現 實 主 義 》（*Realism*）。

　　那是一本故事選集，編排的方式就像博物館。她買給自己看的。是她的生日禮物。她希望這本書能幫助她更瞭解自己的生命。

　　「為什麼要叫現實主義？」她問。

　　「這其實不是現實主義，」我解釋道：「現實主義只是選擇世界事實的另一種方式。」

「真難懂。」她說。

我對她說：妳就找一個人，列出一些她的特徵。讓那些特徵顯得很有意義。

我說：妳要把細節累積起來，比如那個人住在哪裡、她喜歡吃的東西、她每天早上都會從廚房的窗口看見什麼。

我說：妳要讓時間均衡流動，成一直線，一個瞬間接著下一個瞬間。事件會依照某種邏輯順序發生。結果會隨著原因產生。已經發生的事跟還沒發生的事，都是由一種稱為當下的東西分隔開來。有一種東西叫記憶。我說，這就是現實主義。

雖然我的母親不肯承認，但她買這本書是因為覺得自己必須一直讀到再也讀不下去為止。在一切都

太遲之前。

我的母親就要死了。

我的母親就要死去，我的母親正在死去，我的母親已經死去。

這一切都是在一個晚上發生的。她死去的那個晚上。這一切都發生於**芝諾之箭**（Zeno's Arrow）①飛行路徑上靜止不動的某一格畫面中。在 A 點和 B 點之間的光以太中。在無限密集之實數線上任意接近的兩個點之間。

一切將會發生的事都已經發生了。**芝諾之箭**其實從未移動。

在這種宇宙中，故事是什麼？角色是什麼，情

節是什麼？

* * *

「聽聽看，」我母親說，「我覺得你會喜歡這個。」

她翻開書，讀出內容：

接著，在某一刻，我明白了他的意思，我明白了他曾經表示過的一切，從未表示過的一切，以及在所有可能與不可能的世界中所可能表示的一切。我感受到憂鬱，我感受到歡欣，我感受到恐懼，我感受到深沉得無法言喻的悲傷。我感受到未被給予名稱的情緒，我感受到被給予錯誤名稱的情緒，我知道了感受的意義，我也知道這一切都是相同的感

受，而我感受到強烈的感受，久遠的感受，那時語言尚未出現，心智尚未擁有語言，心智也還沒學會訴說一種名為意識的虛假故事，還沒因為發明時間、威脅、危險、可能性、未來而產生焦慮。我感受到穴居人的感受，他們抬頭凝視年輕的太陽，那時他們還未出現分歧，還未替一切命名，還未發明害怕、敬畏、渴望。我感受到最初那種一體的感受，體會了何謂活著、何謂身為人類，何謂知道和不知道。而且我也感受到了輕微的感受，那種最瑣細、最隱約而其他人都無法區別的感受，我全部都能感受到，悲傷有一百萬種，一兆種，所有類型，所有極其微小的變化，我都可以在一瞬間同時又個別感受得到。我走出前門，進入日光下，慢慢啜飲了一口充盈泡沫的卡布奇諾。這是新的一天。

這段內容來自書中她最愛的故事。

故事的標題是〈再來一次，帶有感情〉（Once More, with Feeling）。

這個故事說的是一個突然的瞬間，在一塊細薄到看不見的生命碎片中，有位年輕人在心裡試圖理解他永遠無法領悟的事物。

母親要我把我們的生命變成這種故事。一個真實的故事。她認為我做得到。

「我想要擁有故事中那個年輕人的感受，」她說，「我想要擁有輕微的感受。」

所以她才會買這本書。為了學會她那無名生命裡的一切名稱。為了知道人們記載過她的無名。她已

經被當成神話了。

母親發現了她內在的生命。那始終都在，是一片翻騰的原始海洋，是她體內一顆廣大、深沉、流動的星球，這個世界充滿邊緣的力量，未成形、半成形、在語言之前出現的物體，就漂浮於她意識的地表水之中，而在她潛意識的深海底——巨大、無聲的水下物體偶爾會從中撞擊她。她從未想過談論這片海洋，彷彿它是一種私密到難以形容的精神錯亂，其他人永遠無法理解。

而現在她就像卡通裡的土狼，掛在半空中讀著一本關於重力的書，等她一明白重力是什麼，就開始摔向地面。母親知道了這一切的感受都有名稱，知道有許多空的容器等著她將無定形且未提煉的情緒倒入填滿後，她就必須這麼做。她必須去學會一直存在於她體內那些東西的名稱。

* ✳ *

她閱讀著。三十年過去，前進，後退，然後再次前進。時間停止，開始，然後再次停止。

「這本書，讓我覺得自己好像很可悲，」她說，「我都不知道自己這麼普通。」

我告訴她，這就是重點。我告訴她，我也很普通。

「大多數人都是，」我說，「這就是普通的意義。」

她告訴我，在我出生的時候，她以為我會成為大人物。

「那就是你名字的意思。它代表了**邁向偉大**。」

到目前為止，母親的人生就像一部記載了各種輕微羞辱的文件，還不到悲慘，但也不算無足輕重。她獨居。我是她唯一的訪客。她很喜歡看**壽命聯播網**，頻道會二十四小時連續播放電視電影，全是為B咖演員量身打造的作品。B咖中的B咖。電影因為不斷慘痛地強調人生漫無目的而被歸類為限制級，當中偶爾會穿插用於滿足情緒的簡短片段。專屬心靈的色情。

「我想要經歷一種體驗。我想要得到一種頓悟。」她說。

我告訴她沒有這種東西。我告訴她那些都是針對現實捏造出來的特色。虛幻。就像時間，就

像意義。

　　我們工作，我們睡覺，我過著自己的生活。她過她的生活。我們以前會一週見一次面，後來是一個月兩次。現在是一個月一次。可是我們一直在交談。我們可以穿透牆壁交談。我們可以越過城市交談。我們可以在不同的國家、不同的星球交談。宇宙是一間巨大的客廳，從大爆炸到現在，所有空間和所有時間都是我們兩人之間的一場漫長對話。

　　「我想試試我學會的所有新情緒，」她說，「我想感到厭世。我想覺得不適，六種都要。我想體會倦怠。」

　　「什麼是倦怠？」

　　我告訴她倦怠是有錢人的一種情緒。那跟無聊很類似，不過更細緻一些，就像高針數的床單。

　　母親越來越不耐煩了。

　　「到目前為止，我們的故事，你一直寫得不太好，」她說，「這樣行不通。」

　　她變得貪婪。她需要更多。更多，更多，更多。故事，故事，故事。現在，一切對她而言都是故事。一切。

✳ ✳ ✳

　　「為什麼是**現實主義**？」我問她，「為什麼妳覺得這很重要？」

　　「這不重要。而這就是重點。你必須讓它變得重要。」

我試圖用我們生活的素材製造出故事。我無法連結那些片段。我得試著用會斷裂的脆弱絲線將這些片段縫在一起。有時候光是過度注視這些片段，光是想起這些片段，就會讓一切瓦解。我必須在她死前完成這件事。我必須讓這件事變得重要。我該怎麼做？怎樣才不會讓這些片段逐漸消失？

母親告訴我，我已經掩蓋了一切。

她說我需要的是一股動力。結果我只是在原地打轉。

「我們已經有了開頭跟結尾。困難的是中間，」她說，「我們缺少中間的部分。」

這我知道。但如果她想要讓故事很真實，想要

當個注重實際的人，想要一切都有意義，我所能做的就只有這樣。

\* \* \*

摘自《現實主義》，第 30 章，第 2157 頁：

她讀道：「熟練的實踐者往往會加入細節，以增加敘事的可信度。然而要注意，這種運用具體項目的方法會減損故事的普遍性。」

母親問我，什麼是普遍？這是什麼意思？

我告訴她普遍就是指所有人都能理解的事。例如關於人心的事實眾所周知。對此，母親笑起來，彷彿我剛說了個很棒的笑話。

「**現實主義**有更多的名詞，更多的形容詞。花朵的數千個品種在哪裡？建築特色的描述和術語在哪裡？描述我的鼻子。描述我們後院那棵樹的氣味。你別再講抽象的話了。」

她說我一直重複使用少數幾個相同的字詞。像是困住了。一次又一次。她說我著迷於時間、空間、死亡、意識、記憶、危險、世界、宇宙。她問我，你就只知道那些嗎？全部就只有那些？

我說，我沒辦法把這寫成我們的故事。你的生活並不是你做了什麼，你說了什麼、穿了什麼、吃了什麼、喝了什麼，或是從眼角餘光注意到什麼。我必須忽略那些細節，我必須尋求本質，找到缺失的中間部分。我必須籠統一點。我必須找到我們故事中心的祕密。接著我才能夠訴說。接著我才可以修改開頭，加強結尾。接著我才可以填入說明。

三流超級英雄

「我們沒時間了，」母親說，「我隨時都會死。」

※　※　※

　　她要我在她死前讓故事變得有價值，為事情找到一點意義。這些我以前全部說過。她死後一切就都沒用了。她可以隨時回到生命中，我們也可以不斷讓這整件事重新開始，不過到時候我們仍然會回到這個時刻。此時此刻。我必須讓這件事在她活著的期間、在她的生命當中具有意義。我不能曲解、不能誇張，也不能訴說一個規模更大的故事，故事中的故事。我不能欺騙。如果她想要真實，我就不能騙她。

　　但如果這就是重點呢？如果事情不可能在她死前變得有價值呢？如果這就是死亡的意義呢？截短。解釋。象徵著這種情況就像充滿摸索而又不準確之

寓言的關鍵。

我們接近結尾了，但還是沒有急迫感。一切都沒有秩序。我不斷重複同樣的內容。母親很清楚。我們在漂流。

「你不必自己編造，」她說，「我們幾乎沒時間了。快點搞定吧。」

「所有的故事都被講過了。」我說。
「那就告訴我別人的故事吧。」

我對她說的故事是，有個男人某天早上醒來發現自己變成了一隻巨大的昆蟲。他會思考，可是無法表達。他遭到孤立、疏遠，是個外形怪異的意識體。

她說，真有趣。小時候，我的叔叔——你的叔

公——也會跟我說類似的故事。

故事是這樣的：

某天早上，有隻昆蟲醒來後，發現自己變成了一個六呎高的男人。

男人下了床，這是他這輩子第一次用雙腿站立。

他洗澡沖掉身體的黏液，穿上硬挺的襯衫跟熨燙平整的西裝，喝了一杯咖啡，親吻他的人類妻子，然後去上班。

工作時，他整天坐在自己的小隔間裡。接著他回家、睡覺、起床，隔天又重複著一切。上司非常喜歡他，讓他一次又一次的升職。

男人下半輩子就過著這樣的生活，腦中從未出現半點想法，也一直沒人知道他骨子裡是昆蟲，不知道他在那顆巨大空洞的腦袋裡不斷發出昆蟲驚恐的尖叫聲。從來沒人知道他就只是一隻大蟲，是個愚蠢、無知，由衝動和感覺構成的集合體，受困在最古怪的恐怖之中：人類意識。

＊　＊　＊

母親告訴我這個故事。然後她就死了。

時間停止。接著時間又開始移動。我獨自一人。

＊　＊　＊

時間倒回。

母親活著。我們又在廚房裡。她正在讀一本名為《現實主義》的書。

「我快死了，」她說，「所以我們得快一點。」

* * *

她又死了。她不斷死而復生。我告訴她，我盡力了。

「萬一你做不到呢？」她說，「我們會發生什麼事？」

我告訴她，不是每個故事都有結尾。

有，每個故事都有。有，有，每個故事都有，她堅持地說。它們會在該結束的地方結束，無論它們

進行到了哪裡，就會在那裡結束。

「我們不能失敗，」她說，「我想要感受一切。我想要感受所有被感受過的情緒。我想要學會某件事。我想要困在某個片刻，永遠如此，就在生命結束的時候，就像在琥珀裡，就在某個靈光乍現的瞬間。」

可是，我們一定會失敗。我們知道自己失敗過。這一刻她已經度過了上千次。十萬次。我們的整段生命加在一起也只不過等於這一刻。我們兩人──兒子與母親──試圖進行一場終生的對話，試圖稍微理解他們為何默默無聞，試圖理解自己。

所有的故事都是失敗的故事，我這麼說。所有真實的故事都是無法成為理想故事的故事。

　　我試著讓事情發生。我試著把我們推向某件事，任何事都行。我沒有什麼大祕密能告訴她，沒有什麼能把一切聯繫起來。我不夠聰明，所以做不到。某些故事沒有開頭或結尾或中間。某些故事不存在。有些地方你就是到不了。

　　我放棄了。

　　「我辦不到，」我說，「我沒辦法把這個寫進故事。」

# 佛羅倫絲

老闆傳來訊息。

**她還好嗎？**

我望向佛羅倫絲的生命徵象數值。

機器發出嗶聲。

我輸入：**正常。光點在發光。**

過了四年。

老闆傳來訊息。

**半徑？穩定？還是變大了？**

佛羅倫絲沿著湖，以圓形路徑游著。

我查看顯示器。

我輸入：**半徑穩定。41.08 公里。**

我按下**傳送**。過了四年。

老闆傳來訊息。

**速度？**

我查看速度計。**8.2 公里／小時。**

過了四年。

**很好**，老闆說，**很好。**

**謝了。**我說。過了四年。

老闆又提了更多問題：

**膚色？**

**變色？**

**軟骨流失、鰭損傷、質量減少？**


嗶。嗶嗶。我回報：

**無變化。**

無變化。

無變化，無變化，無變化。


過了四年。


很好。還有其他的嗎？

沒有。

過了四年。

很好，他說，你在那裡過得如何？他不常閒聊。

老樣子，我說。沒什麼好抱怨的。你呢？過了四年。

你知道的。一樣。

嗯，我知道。過了四年。

附近的星系有個世界爆炸了。

媞娜要來了嗎？

快了。我說。一千六百年。

過了四年。

**替我打聲招呼**。他說。

**好**。過了四年。四年，四年，四年。

**你的錢還夠嗎？**我說夠。我說我住在宇宙的邊緣。我能到哪裡去花錢？過了四年。**為什麼？**我問他。過了四年。**沒為什麼**。過了四年。四年又四年又四年，就這樣似乎過了七、八百年，我們什麼也沒說。

✳　✳　✳

上次見到媞娜時，我要她跟我一起待在這顆星球上。她說這裡對她而言太冷了。我說我會重新設定大氣層，吸收一些熱能，讓整個地方暖和起來。她說她無法想像自己辭掉工作。我說，妳可是靠運送冷凍魚方塊謀生的。她說她需要錢。我問她，妳存錢要幹

嘛？銀河系陷入了衰退。已經沒東西好買了。我說，距離最近的雜貨店在二十八萬光年之外，而且那裡唯一值得買的東西，就只有尼拉克達維爾的長柄感知蘑菇。她說她對那些蘑菇就是沒有招架之力。我想告訴她，我已經把一整座山挖空，種滿了真菌，在初秋時分就會從底部割下，好讓捲鬚又白又有彈性，而且充滿水分。可是我沒有。我反而什麼都沒說。對我而言太冷了，她又說了一次。她等著我說些什麼。過了十五秒。我最想要的就是能開口說些什麼。我在我會的每一種語言中尋找所有字詞，選出一個又放棄——不是對的詞，不能代表我的意思，不會發揮作用，不足以讓她留下。我在十五秒內想了這些。她看著我。希望？惱怒。我什麼都沒說。又過了十五秒。我讓時間就這樣流逝。媞娜飛走了。過了四年。又過了一萬三千兩百五十一年。

\* \* \*

老闆傳來訊息。

**最近如何？**又是閒聊。事情不太對勁。

現在是夜晚。太陽都下山了。過了兩百年。現在是白天。

不過她說的對。這裡很冷。現在比較不會了。這個星系的雙恆星正在成熟。它們到老年時會燒得更熱。

老闆傳來訊息。

**佛羅倫絲還好嗎？**

**很好。**我說。過了四年。過了四年，四十年，

四百年。

現在媞娜隨時都會回來。


這次我要怎麼讓她留下來？我抽出這個地方的
廣告手冊。它已經泛黃脆裂了。最上方寫著這顆星球
的行銷口號：**適於居住！**圖片裡有一位人類女性跟一
位男性**索比特人**。索比特人正用一隻觸手指著他的主
肺部，彷彿在說：我真的很享受這種無毒的氮基大
氣！在廣告手冊的前一個版本中，女人其實抓著一條
魚，但後來有某人的母親控告觀光局廣告不實，聲稱
此圖片讓人誤以為可以在這裡抓到魚，結果害死了她
兒子。死去男孩的母親贏得官司，因此觀光局必須更
改手冊內容，否則就得停止印刷，不過由於局裡缺乏
資金，所以他們並未重新拍攝照片，而是直接對照片
動了點手腳，讓女人現在一隻手拿的是足球（也有可
能是披薩），另一隻手則對索比特人翹起大拇指。快
樂呼吸著的索比特人也對她翹起了觸手示意。

✳ ✳ ✳

就規模而言，這是 S-4 **級小世界**。也就是說，我從山頂這裡就能看見彎曲的地平線。一大片雲就可能遮住三分之一的天空。

過了四年。

現在是夜晚。還會持續一陣子。

太陽都在落下，一個疊著一個。衛星也都緩慢現身，紅色、綠色、橘色、銀色。雖然現在不冷，可是我知道為何媞娜覺得冷。整個世界都覆蓋著鈷藍色的灰塵。一切都是藍色，藍色，藍色。

過了四年。過了四年，四十年，四百年。

　　　　　　＊　　＊　　＊


老闆傳來訊息。


**哪裡的本質是什麼？**


我沒理會。肯定是嗑了Q－格羅弗游比恩。


**哪裡是什麼？何時在哪裡？**


過了四年。


遠處一顆恆星內爆了。


發生了某件事。就在某處。

我的阿姨搬進了銀河系。貝蒂阿姨。她沒結過婚。我老闆以前一直覺得她是個美女。

我問老闆：**你記得我的貝蒂阿姨嗎？**他現在應該沒那麼恍惚了。

過了四年。

貝蒂阿姨是我母親三個姊妹之中最聰明的。害羞到了極點。

她的父母、我的母親、她的朋友、表親，所有人都想幫她克服靦腆，結果卻只讓她越來越封閉，越來越深入自己內心的洞穴。她經常在讀書，目光總是向下，拚命寫著一本日誌。她比我們所有人加起來還聰明。我第一次來到這裡時，就想起了她，想到她會怎麼幫我瞭解佛羅倫絲。

後來她滿一千歲了，大家都想替她找個對象。可是剩下的男人就只有這麼多。確切來說是四十七個。非親戚又可以選擇的人實在不多。她搬走了。

　　而現在她又回來了。她已經到了想待在家人附近的年紀。不是跟家人在一起。是在附近。我猜我算是家人。

＊　＊　＊

　　老闆傳來訊息。

　　**啊，記得，你的貝蒂阿姨。貝蒂阿姨的本質是什麼？**

　　我猜他嗑藥的效果還沒完全消退。

三流超級英雄

我輸入：**貝蒂阿姨是長老會教徒。你是指這個嗎？**

在西元一〇〇二〇〇六年，基督徒已經相當稀少。許多人甚至連他們是什麼都不知道。主要原因是剩下的人也不多了。此外，我們大多數人也因為一件事而不再相信上帝了：XR-97-1D 號黑洞變得太巨大，結果它開始一次又一次吞噬自己，形成一種不斷重複的迴圈——就像艾雪（Escher）①的某種宇宙畫作——導致一個物體的質量就相當於其他已知宇宙的十倍。就個人而言，我喜歡這樣。

貝蒂阿姨總是在為某個人禱告。她的眼睛會看著天空，充滿期盼，彷彿隨時都會發生。隨時都會。

如果可以，我會問她，現在我們都已經像這樣

分散開來，一個人到一顆星球，那麼祂會出現在哪裡？祂會選擇其中一顆星球嗎？祂會不會透過以我們有限心智無法理解的神祕方式，同時出現在每一個有人類的世界中？非人類呢？雖然他們非我族類，可是當一切發生的時候，他們也會知道嗎？曾經有個耶和華見證人出現在附近一顆衛星上向我發送光束。我在地底一直等到他離開。我等了二十年。

過了四年。

老闆傳來訊息。

**我寫了一首詩給你。你想讀嗎？**

我不想讀。

過了四年。過了十八年七個月五天十小時三十六

分鐘二十二秒。媞娜應該要到這裡了。

媞娜沒來這裡。

現在是夜晚。現在是白天。

這時候媞娜應該到了，可是她沒來這裡。

情況不對勁。她一定是撞到了什麼。一顆小行星。蓋姆姆馬特小行星帶是一片雷區。她可能累了，一個不小心被太空岩石撞上，讓她的太空船旋轉撞上另一顆岩石，接著就像彈珠臺那樣連續彈跳撞出了小行星帶。或是她在銀河系之間耗盡燃料，就這樣漂浮在虛無之中。

老闆傳來訊息。

**這裡是哪裡？那裡是什麼？**

過了四年。

媞娜在哪裡？

現在是夜晚。現在是白天。現在是夜中之夜。在夜中之夜，所有太陽都會落下，接著所有衛星也都會落下。整個世界陷入黑暗。

媞娜應該要到這裡了。

老闆傳來訊息。

**問題：何時在哪裡？**

**答案：不在那裡。**

老闆失去理智了。我暫時先登出。

過了四年。媞娜沒來這裡。問題：媞娜在哪裡？

答案：不在這裡。

*　*　*

夜中之夜結束了。太陽都要升起了。

我都安排好了。我在桌上放了蠟燭跟一份餐點，

一個位置給媞娜，一個位置給我，另外還有獵人燴雞、一份沙拉、一些菠菜葉、堅果、我在冷凍櫃裡找到的橄欖，以及一瓶紅酒。我也擺好了椅子，這樣我們就能在水下控制室看看佛羅倫絲。

光點在發光。

附近有一顆小行星崩解了。物質轉變成能量；一道漣漪在時空結構裡呈扇形散開。頃刻間，宇宙中的一切都在搖晃。接著，在極其細微的擺動中，**萬物**又回到原位。

過了好多年。我不再計算。

現在是夜晚。現在是白天。
媞娜傳來訊息。

對不起。我希望你沒事。我把魚留在最接近你那顆衛星的遠側，你有空的時候可以去拿。替我問候佛羅倫絲。還有，去拜訪你阿姨吧。

P.S. 我不知道還能用什麼方式說出這件事才不會讓一切聽起來很冷血，但我覺得你應該要知道。

**你的老闆死了。**

她說謊，我這麼想著，她一定是在說謊。不，她說的對，而我是最後一個知道的。不，她說謊。為什麼我總是最後一個知道的？我直接拿起酒瓶喝酒，然後把菠菜葉塞進嘴裡。佛羅倫絲游向我。雖然她還在一哩之外，可是我已經能看見她的眼睛，她那六呎大的眼睛，茫然地望向我頭部後方無限遠的距離。

我重新登入。老闆傳來訊息。

**佛羅倫絲還好嗎？很好。**

過了四年。另一則訊息。

**速度？半徑？穩定？**

**很好。很好。很好。**

老闆傳來訊息。

**很好。很好。很好。很好。很好。很好。很好。**

過了四年。

老闆傳來訊息。

**我好寂寞。我已愛你愛了一百萬年。你從未見過我。你永遠不會。那裡是什麼？如何是誰？**

✳ ✳ ✳

我在控制臺上方的儲物櫃翻找，找到了我要的

模組。它擺在後面，滿是灰塵。我從來沒使用過它。封套上有亮粉紅色的字寫著：「**我的朋友／親戚真的死了嗎？**」我把它放進機器觀看。

身穿黑色西裝的主持人出現。畫面播放著宇宙的素材影片。拿帕希恩瀑布看起來很壯觀──一座雄偉的瀑布主宰著整顆星球。法盧法恰大冰原：一個被十哩深厚實冰層包圍的世界。人們停下腳步。車輛、噴射機、鳥、氣球瞬間凍結。直到最接近的恆星變成紅巨星將其融化。會發生什麼事？大家會醒來繼續過著原本的生活嗎？

影帶要我抽出快速參考卡。

我的 ＿老闆＿ 真的死了嗎？

1. 距離太遠，無法確認你所愛之人或經常聯絡的其他人是死是活。

2. 那裡的商業系統大多使用一種稱為邏輯與直覺
   （logic-plus-intuition）引擎（或稱 LPI）的人工智
   慧程式。

3. LPI 的運作方式如下：

   a. 你不必知道 LPI 如何運作。

   b. 反正你也不會懂。

4. 只要進入你的內心深處，問一個問題。

5. 他或她死了嗎？

6. 記住，要進入深處。

7. 更深。

8. 再深一點。


　　我把卡片丟進垃圾筒。我把影帶退出來，也丟
進垃圾筒。


　　老闆傳來訊息。

是一則影片訊息。我從來沒見過老闆。

他就在那裡，看起來真令人深象深刻。他的頭開始禿了。

他開始脫掉襯衫和領帶，然後是褲子，一切。他的體型比我想像的更大、更柔軟，那淡粉紅色、近乎無毛的軀幹就像是嬰兒。他對我說話。**你好嗎？我是指，你真的好嗎？我好寂寞。**他跳上椅子。現在，他對我唱起歌來。

我不想問自己。我不想進入內心深處。

＊　＊　＊

過了四年。老闆仍一直在唱。或是曾經唱過。我不知道該用現在式還是過去式。他是一段錄影，他永遠都會是一段錄影。每一個人都是其他所有人的一

段錄影,一段記憶,一段過去的文字紀錄,深深嵌入空氣或水或聲音或光線之中。無論對方有多麼近,都不在身邊。無論他們說了什麼,他們是何時說的,那都不是現在。

我決定寫訊息給媞娜。只是為了好玩。反正永遠不會傳到她那裡。隨便。

我輸入:**妳覺得我配不上妳**。我按下**傳送**。這永遠不會傳到她那裡。宇宙會自己重新開始,塌縮又擴張,塌縮再擴張,而這則訊息會來不及傳給她,無法跨越所有的空間,所有的路程,那是一片充滿距離的大海,是一座充滿不可能的海洋。訊息永遠傳不到她那裡,我很清楚。我應該去拜訪貝蒂阿姨。我告訴自己會去拜訪貝蒂阿姨。明年。或是後年。

※ ※ ※

接著就是靜默。靜默了好長一段時間。

＊　＊　＊

過了四年。過了兩萬年。佛羅倫絲在繞行，沒發出半點聲音。好安靜。我的一生都很安靜。現在又要變得更安靜了。宇宙中我所在乎的每一個人可能都死了。而且我無法確認。我只聽得見自己的呼吸聲。還有偶爾出現的光點，告訴我佛羅倫絲仍然活著，仍然在深處活動。我應該去拜訪貝蒂阿姨的。她寄來了另一張卡片。她不時就會寄一張來。好幾年過去。感覺似乎過了很久。好幾年，好幾年，好幾年。

＊　＊　＊

我進入內心深處。

我問自己：

他死了嗎？

她死了嗎？

我死了嗎？

　　過了四年。佛羅倫絲在繞行。現在是白天。現在是夜晚。現在是夏天。現在是冬天。現在是夏天。現在是白天。現在有一場持續了八百年的風暴。

＊　＊　＊

　　過了四千年。

媞娜傳來一則語音訊息。

嘿。她說。

嘿。我說。

過了四年。

嘿。她說。

嘿。我說。

佛羅倫絲還好嗎？

那就是妳想說的嗎？我說。在我們上次那樣
的對話過後？
別這樣。

別怎麼樣？

別對我生氣。

好。

不，真的。你盡量別生氣。

**我以為妳會來這裡。**我越試圖隱瞞自憐的語氣，聽起來就越明顯。

靜默。媞娜沒說話。在宇宙背景輻射的嘶嘶聲與爆裂聲中，我還是能聽見老闆的聲音。他不再唱了。他說：**這裡只是那裡的一個特例。所有的這裡其實就是那裡。**

**我真的很想你。**媞娜說。

**不，妳才不想。如果妳真的想，妳就會來這裡。妳不會在那裡。**

我在這裡或那裡有什麼差別？

妳現在說話的語氣聽起來就像我老闆。我說。老闆又開始唱了。

他知道自己在說什麼。

媞娜，他死了。而且愛著我。而且裸體唱著歌。

為什麼你一直想要我們……

靠近一點？

對。多近算是近？多近才足夠？

近到我們能呼吸相同的空氣。

我們現在就呼吸著相同的空氣。

妳很清楚我的意思，媞娜。

嗯，從某種程度來看，你正在呼吸的某些空氣分子可能就曾經在我的肺裡。最後我們都會呼吸相同的空氣，喝同樣的水，透過我們身體傳遞相同的分子。最後都會。

妳很清楚我的意思。是在同一個房間裡。

有什麼差？反正我們現在也是在同一個房間裡。跟這個銀河系一樣大的房間。為什麼不是跟一切一樣大的房間？圍繞宇宙的四面牆。

老闆仍然沉浸其中。他擦洗過，他很光滑，他

是裸體。他在唱歌。

　　「世界在我的掌控之中。」（I've Got the World on a String.）「帶我飛向月球。」（Fly Me to the Moon.）[2]

　　佛羅倫絲在繞行。

　　**可是我看不到妳。我說。**

　　**你看不到我。**


　　**沒錯。我以為在一起就是能夠看到妳。**


　　**所以這一切就只是光學上的問題？生物力學？眼睛的特性？如果你能看到無限遠的距離呢？如果你想看多遠就看多遠，一種不會被阻礙的歐幾里德（Euclidean）視線，無論任何方向都行？如果中間沒有任何東西擋住，而你現在就能看見我，目光越過了半個銀河星團，看見我坐在桌子前？這樣我們算近嗎？**

媞娜。拜託。

不，回答我。什麼是近？怎樣對你才算足夠？

有間隔。我們說話的時候。我們對彼此說的
每一句話之間都有很長的間隔。

延遲是事實。間隔是事實。

那就是時間了。這就是主因。妳不想花時間。

一切都要相應的代價。一切都要付出代價，
而時間就是宇宙的價格機制。時間沒有那麼難理
解。時間不是什麼謎團。

所以呢？

媞娜說：是距離。距離等於速率乘以時間。距離是謎團。你在那裡而我在這裡。

＊　＊　＊

　　過了四年。貝蒂阿姨寄來一個包裹。維他命、一份日曆、一根新的牙刷。一雙襪子。一張便條。「不必拜訪。我很好。希望你用得上這些。」今年。今年我就要拜訪她。

　　後來聖誕節快到了，又要再一次進入夜中之夜。一顆太陽落下，接著是另一顆。衛星全部落下。一切都落下了。天空升起。現在是聖誕夜。自從小耶穌出生已經過了一百萬又幾千年。我已經算不清楚了。一切都數不清了。我敢說就連我的貝蒂阿姨也算不清楚。

　　老闆傳來訊息。是一首延時傳送的聖誕頌歌。**遠處的馬槽裡**，他唱著，**小耶穌安睡著**。這是接下來一萬七千年裡最後一個聖誕夜。直到那時，所有聖誕節都會變得灼熱、乾燥，瀰漫著兩顆太陽發出的紅橘色光芒。在這之後的一百多個世紀，聖誕日會變得炎熱無比，永無止境燃燒著。不過現在是夜晚，感覺時間好像也停止了。

　　總之媞娜就在那裡某處，總之我就在這裡，至於我老闆則不在任何地方，他就只是存在於他幾年前唱的一首歌，這首歌是他為了我錄下，主題是關於小救世主，這首歌是他為了我邊唱邊赤裸跳舞，而陰莖和睪丸還像個有黏性的粉紅色育幼袋拍動著，只是現在才抵達，而其中的色彩與旋律都以光速傳送。佛羅倫絲安靜地沿著她的弧線游向我，穿透無聲、黑暗、嚴寒、靜止的水，用那些眼睛看著我，讓我很好奇，要是我離開了，她是否會一樣安好。我很好奇，要是

我真的離開，她是否會注意到。我很好奇，她是否知道我在這裡，知道我是什麼，以及她到底知不知道任何事。她在這裡做什麼，在太空深處，在一顆只有自己的星球上，在孤立的一池水中，沒有食物，沒有同伴，沒有任何聯繫？她在這裡多久了？如果我從未發現她，她會怎麼做？她是什麼？鯊魚是什麼？關於鯊魚，我瞭解什麼？關於一切，我又瞭解什麼？我都不瞭解。我的老闆之前唱了歌，現在正唱著，以後也不知道會再唱多久。我的老闆之前唱了歌，那首歌還是一直在傳送，我的阿姨之前禱告過，希望她還是一直在禱告。

媞娜正以光速離開，要是我的目光能夠穿透房間，要是我的目光能夠穿透宇宙，我就可以看見她。佛羅倫絲在繞行。貝蒂阿姨寄來另一張卡片。我已經收集了一疊擺在控制室的角落。有四呎高。就這樣。不能再鬼混了。我下定決心要去看貝蒂阿姨。我打開

三流超級英雄

卡片。上面寫著：「不想打擾你。我知道你有自己的生活。真希望我能見到你，可是我知道你很忙。我要去宜塘－67 號環了。我在那裡有一位小學時期的老友。希望她還記得我。保重。貝蒂阿姨。」我忽略她太久了。我本來要去的。真的，可是我忽略了她，所以她放棄我，離開了。過了四分鐘。四分鐘，四分鐘，四個瞬間。過了四毫秒。千真萬確。佛羅倫絲又大了一歲。我對她唱歌。生日快樂，親愛的佛羅倫絲。她繞著她的圈子游。附近有個世界爆炸了。祝佛羅倫絲跟小耶穌生日快樂。我吃了鵝肉、火腿、甜菜根，喝了氣泡蘋果汁、啤酒，然後又喝了幾瓶。在某個地方，在過去、現在或未來的某個時候，貝蒂阿娜為我禱告。她現在禱告，她之前禱告，她以後也會禱告。我跟老闆隔著數千年合唱了一下。我們歌唱，佛羅倫絲繞行。我切蛋糕。我吃了。好吃。我準備睡覺。我刷牙。我躺上床。另一個世界爆炸了。發生了某件事。就在某處。又過了四年。

# 安靜絕望的男人休短假 [1]

男人，四十六歲，在生命中的某一刻，他環顧四周之後說，我是怎麼走到今日的？一個安靜的男人長大變成了一個更安靜的男人。

一個十月午後，一個星期日，一棟狹小的平房。

一間客廳，一張沙發，一些椅子。一堆累積起來的名詞與家具。

一段平凡生活中的一個平凡片刻。

三流 超級 英雄

他注意到坐在身旁的女人，看起來有點擔心。

「這是我們的故事，對吧？」他問。這不算是問題。

「對。」她說。

「在這個故事中，妳是我的妻子。」

女人點頭，露出他見過最悲傷的笑容，這個笑容悲傷到讓他第一次明白，原來所有笑容都是悲傷的，而從她露出笑容時垂下眼角餘光的樣子，他看得出自己一直讓她很不好過，以後也會繼續讓她很不好過，她知道這一點，卻也永遠不會離開他。

「對。」她說。

「妳非常愛我。」男人說。

「沒錯。非常。」

她說「非常」的語氣聽起來像是真的。真實到讓他覺得是自己從未聽過的事實。她這麼說並非出於情感或美德，不是為了在善行紀錄簿記上一筆或為了進入天堂而加分。她這輩子從來沒有任何一刻後悔或怨恨過他。她對他的愛不會改變──這是物理學，而非情感問題：這是鐳的原子量。既巨大又精確。溫柔，有限，永不耗盡。她對他的愛是一種事實。她對他的愛是關於世界的殘酷事實。「可是，對我而言不夠，」他繼續說，心裡也清楚了。「還不夠，對吧？」

「對，」她說，「對，不夠。」他本來要問她為什麼，但他看著她，知道她比他更瞭解他自己，而

三流超級英雄

出於某種原因，他明白這樣比較好，也知道就算她試著為他解釋，他也無法理解。

「一直都是這樣嗎？」他問。不過他有種強烈的感覺認為就是這樣沒錯。開始很簡單，結束更簡單，困難的部分是中間，而對**安靜絕望的男人**來說，情況是從中間到中間，永遠都是從中間到中間再到中間。

## 城市

男人，四十六歲，城裡。在生命中的某一刻，他環顧四周，心想，**我所做的就只是環顧四周，心裡想著這件事。**

## 電影

男人，四十六歲，看電影。

在生命中的某一刻，他環顧四周，對自己說：「我是在生命中的哪一刻開始說**在我生命中的某一刻**這種話的？」

這就是問題所在，他心想。他總會先說**在我生命中的這一刻**，**在我生命中的某一刻**，直到我生命的這一刻。

## 西部

**安靜絕望的男人**來到西部。非常遠，比他想的還要再往西。神話般的西部。天空像座無邊無際的帳篷搭在他頭上，而且凍結成一種藍色，冷到比黑色還要更深三個色度。

在乾燥河床另一側的就是**未完成過去式之國**，那裡充滿了鬼魂和羅曼史。在另一側，故事會前進、流動、重疊，像一條絲帶、一道波浪、一陣由失落構

成的旋動積雲，而在這一側，他只能觀看，觀看與注
視，困在靜止的當下，這個絕望的時刻就是現在、現
在，以及現在。

## 城市

**安靜絕望的男人**正在疲倦城市裡。他搭的公車
滿載著挫敗的陌生人。

這不是那種會載你去全新之地的公車。這是會載
你回家的公車。戴著一頂破舊帽子的老女人上了這輛
公車。靠近時，她的氣味像是擺放了一整天的尿。她
的臉上掛著永恆的微笑，不過看了一陣子後，**安靜絕
望的男人**發現那女人根本不是在笑。她具備了所有元
素，包括符合對於笑容的技術要求、肌肉的收縮。可
是少了點什麼。她的笑容讓公車上每個人都很害怕，
但她還是不停地露出微笑。他覺得他可以阻止她，只
要他能讓她看他，他就會對她笑，而她看到他之後就

會停止微笑，然而她卻不看他。她只是一直笑。她笑了又笑，笑了又笑。

## 汽車旅館房間

**安靜絕望的男人**在路邊的汽車旅館有個房間。這個房間可以讓人說出他們從未說出口的話。這個房間可以讓人們心懷誠摯來到洗手臺前，面對漏水的水龍頭，跪在滿是汙垢的磁磚上，把酒後發熱的臉孔靠在冰涼的瓷臺上禱告。這個房間有一個菸灰缸、一部懸吊於天花板的電視、一道遮掩陽光並保存了前一晚殘存氣味的窗簾。

他打給櫃檯。頭髮糾纏打結的女子接起話筒，貼近，壓低聲音，彷彿準備說出祕密，彷彿一切就像是祕密。

「我在**汽車旅館房間**。」他說。

三流超級英雄

「當然。」她說。

「妳怎麼知道？」

「你可是**安靜絕望的男人。**」

「妳覺得我應該做什麼？」他問她。

頭髮糾纏打結的女子朝話筒呼了口氣。「停止奔跑。」她說。可是他無法停止。

### 西部

**安靜絕望的男人**回到西部。半夜，一陣聲音吵醒了他。他一度以為自己聽見某個人的腳步聲，不過後來聲音越來越小，直到他只聽見火焰跟他那隻睡覺的馬的聲響。火焰是活的，是個具有抱負和計畫的小

生物。他的馬在夜晚寧靜的空氣中呼出輕柔、溫暖、潮濕的氣息。一切都是祕密。一切。

## 電影

**安靜絕望的男人**在電影院裡。內部特別暗，比平常更暗。有腐臭奶油跟煙霧的氣味——某個人真的點起了一根雪茄。

銀幕上，身材細瘦、穿著體面的富人，咕噥著對彼此說出難聽的話。

他：〔提到語言的極限〕

她：一向如此。

他：〔提到距離的本質〕

她：你到底想要我怎樣？

他：〔提到人類內心／理智／靈魂的不可知〕

她：（啜泣）

三流超級英雄

他：（啜泣）

她：〔提到他的家庭、他的鼻子〕

## 汽車旅館房間

**安靜絕望的男人**在汽車旅館房間裡。洗手臺在滴水。有人打電話來說，今晚你不必獨自一人。男人，四十六歲，他透過窗簾看到了月亮。櫃檯打來，什麼也沒說，就只是聽著他躺在那裡發出像個熟睡孩子般的呼吸聲。

半夜，電視吵醒了他。是個神奇藥丸的廣告。這種藥丸能讓你好過一點。

「這是給你的，」電視裡的人說，他有濃密的牙齒跟濃密的頭髮。「這能幫助你停止奔跑。」

## 西部

**安靜絕望的男人**回到西部。寓意式的西部，在這裡的一切都有其他含意。馬是男人疲憊的心。天空是他的生命期間。寒冷是真實。黑色暴風雲是始終如一的不可能性。雲體內部完全凍結的水是自我意識。邊界是一份慾望的地圖。在西部，幾乎一切都有其他含意，不過**安靜絕望的男人**是個安靜、絕望的男人。有些事就只是原來的樣子。

### 幾乎空蕩的世界

　　**安靜絕望的男人**在一片荒涼、貧瘠的景色裡。一棵沒有葉子的樹從毫無特色的前景之中冒出。有一顆低矮的太陽，可是沒有影子。他周圍所有的物體只要用十根手指就數得出來。沒人肯替這個世界填補細節。雖然它現在很空蕩，但不久以後現實世界就會滲漏進來，而他也必須繼續前進。

### 汽車旅館房間

三流超級英雄

**安靜絕望的男人**開始明白了什麼。

## 城市

與其說他明白了什麼，不如說他幾乎要開始明白了什麼。這是一種熟悉的感覺。他總是在這麼做。這是他的工作。

## 電影

他總是讓自己處在這種就快要明白什麼的情況中，這並不愉快也不會痛苦，而是很棒的感覺，就像緊繃感在內部累積，接著突然從他頭頂上的一個開口釋放出來。

## 汽車旅館房間

在這種時刻，他的視野範圍與深度不會突然擴張，他也不會突然因為某個想法而起雞皮疙瘩，例如想到一件簡單又確定的事，或是關於世界的規則，或

是破壞世界的規則。這是一種噁心的感覺。這令他作嘔。這讓他想要吐出體內的一切，然後再繼續吐，直到開始出現血、膽汁，甚至是器官的組織。他的胃液在體內翻攪噴濺。就是這樣他才知道自己快要明白什麼事了。

## 書店

　　他要開始明白什麼？還有那來自何處？上面？下面？肯定不是從裡面，因為這種事從未發生過吧？也許其他人會。也許天才會。但他不是天才。會買《安排你的日子》這種書的人，會讀《好好生活》這種書的人，任何需要這種建議的人，都不是天才。這些書不是給天才看的。這些書不是由天才寫的。這些書的讀者是不該對某些事感到困擾卻感到困擾的人。這些書的讀者是一般人，是大眾。

## 晚宴

**安靜絕望的男人**有了這個想法，一個來歷不明的想法，出自上面或外面某處，彷彿是被敘述給他，植入了他的意識。**安靜絕望的男人**有種噁心反胃的感覺，他開始明白自己身在何處。

### 西部

他想到的是，事情不會像故事中那樣突然發生在人們身上。人們總會知道關於自己所該知道的一切，沒有任何遺漏。一切都是個祕密，所有人都知道。沒人知道自己知道這個祕密。笑容可能就是最大的謎，露出笑容就是說出祕密，是從你的腦袋說出謊言並從你的內心說出事實，而且就只用一個單字——以永恆、無時態的文法，將可怕的現在、完美的過去、條件式的未來結合成一個不是單字的單字。

### 你再也不能回家，因為你再也沒有家了

男人，四十六歲，在生命中的某一刻，他試圖

回到那棟房子，回到一切開始的地方，回到每次開始的地方。去看他的妻子。也許是去瞭解她，也許是去安頓下來。

他走進門就看見了她，她仍然坐在他離開她時的那張沙發上，那是十分鐘、十天、一萬輩子之前。

「妳等待過。」他說。

「你回來過。」她說。

「我不能待太久。」

「我知道。」

「我得回去工作。」他說。她在哭。「你就不能休息一下嗎？」她問。「說不定我們可以去哪裡休

個連假，某個沒那麼荒涼的地方。**科幻？混亂的現實？**」她說，任何地方，我都會跟你去。

可是**安靜絕望的男人**已經在門口，他穿上大衣，拿了一條舊圍巾在脖子上套了兩圈。

## 書店

男人，四十六歲，他正從一個故事移動到另一個故事再到另一個故事，從中間移到中間，希望能夠休息，來到某個空白的空間，一張空蕩的頁面，他環顧四周，告訴自己，**在我生命的這一刻，在我生命的這一刻**，他就快要接近祕密，快要告訴自己他已經知道的祕密：**在他生命的這一刻，就是他生命中的每一刻。**

安靜絕望的男人繼續移動。

## 派對

他在派對——

## 西部

——然後到了神話般的西部——

## 城市

——接著是公車上——

## 電影

——電影院裡——

## 汽車旅館房間

——最寂寞的房間——

## 連續不斷的世界

——永不停止——酒吧、擁擠的餐廳、教堂、

錯綜複雜的浪漫懸疑、尷尬的處境。他知道必須有人來處理一切，不過為什麼非得是他？他是**安靜絕望的男人**，這就是他的工作，而他也願意一直這麼做，畢竟他們會付他薪水，這是一種謀生的手段，這是一段還過得去的人生，可是他偶爾會好奇某處是否還有其他更棒的事，但他不會停止，也害怕停止，他好想直接停止，不再從某個地方跑到某個地方再跑到某個地方，他從未有過任何開始，也從未有過任何結束，然而他有時會好奇自己是否找得到可以喘息的場所，某個能夠呼吸的空間，如果他能在中間某個地方休息片刻，不知會如何，那是一個無名的瞬間，是一段可以用來趕上進度的片刻，這樣就能清楚思考，他是否應該就這樣停止，是否應該繼續移動，他是否能，他是否會，他是否可以

# 32.05864991%

在最著名的情緒統計研究領域裡，「或許」
（maybe）是一個藝術用語：指處於非對稱、不完全
資訊流的環境中，在風險分析與評估的背景之下，
一個女人對一個男人說出的意思。舉例來說，像是
二十一世紀早期美國東北部大都會區內孤立個體的配
對策略，再換句話說，就是約會，那麼這個意思表示
介於 31% 和 34% 之間。

更具體而言，當一個女人對一個男人說出這個
詞，如果這個男人能夠愛但不清楚愛到底是什麼，而
這個女人完全明白愛是什麼、需要什麼、能帶來什

三流超級英雄

麼，以及不能帶來或修補或治癒或甚至代表什麼，也許就是因為這種徹底的體認，導致她無法讓自己被愛，「或許」並非指「可能」或「可能不」或是任何含糊或不明確的事。如果在這種背景下使用「或許」，意思就是精確的 32.05864991%。

　　例如，珍妮·K 向艾文·G 說了「或許」這個詞：因為他說很高興又在這裡見到妳，說不定我們可以找個時間，可能星期五，要不要吃點義式或中式料理，妳不必馬上回答，可以考慮一下，也許我可以打給妳？──這個問題提出的地點是擺放義大利麵和醬汁的走道上，時間是平常的星期四下班後，而珍妮·K 很好奇艾文·G 是不是刻意安排了自己的日常採購行程跟她巧遇，如果是而這是件好事，以及如果不是但這仍然是件好事──那麼她在說出「或許」時就非常清楚「或許」指的是 32.05864991%，不多也不少。

可惜，艾文很可能會誤解珍妮所使用的這個在情緒統計上極為精確的「或許」一詞，原因至少有二。

第一個理由當然是：儘管珍妮說了「或許」而艾文聽到了「或許」，雖然它們都是由獨一無二的字母順序「m」、「a」、「y」、「b」、「e」所拼出的英文單字，但艾文可能產生了常見的誤解，跟大家一樣把英語當成一種語言，不過情緒統計學家自然早就知道「英語」其實是兩種迥異的語言，分別來自女人與男人，或是男人與男人，或是女人與女人──重點不在於說話者的性別，而是在孤立個體組成的任兩人配對中，其渴望所展現出的相對程度。

換言之，一種是被渴望者的語言，另一種是渴望者的語言，而令人困惑的是，它們在詞典內容、文法結構、標點規則以及甚至發音方面，全都一模一

三流超級英雄

樣。唯一的差別就只有意義。有些字詞的意義大致相同（例如棒球、手風琴、好的），有些徹底相反（不、絕不），有些在其中一種英語裡有意義但在另一種裡沒有，還有一些在兩種語言裡都沒有意義。

因此雖然有人說了「或許」也有人聽到「或許」，但「或許」一詞對兩個說英語的人來說，意義截然不同。

對此刻的相對渴望者艾文而言，「或許」幾乎就是「可能」的同義詞，亦即「但願」的同義詞，也等於「你很特別」，也就是「好的」。這也等於在說「放心，世界就跟你一直以為的一樣，主要關注的是你」。對珍妮來說，正如先前所提，這個詞的意思是指超過 32% 一點點。

所以當艾文看著珍妮拿起螺旋麵、筆管麵、蝴

蝶麵，拖延時間，低頭看著鞋子之後又往上看，最後終於說出「或許」，這在艾文聽來就像是直接唱進他心坎裡的一個音符。經過幾週或甚至幾個月後，當他的渴望消退，這兩個說英語的人會塌縮為一，而艾文就會聽出珍妮真正的意思。不過在那一瞬間，「或許」是艾文・G 所聽過最明確且最不含糊的聲音。

回家途中，他不斷自言自語說著「或許」、「或許」、「或許」，就像在工作的鋼琴調音師，一次又一次壓下相同的鍵，直到每次發聲似乎都略有變化，直到音符開始聽起來隱約不同，這可能是因為內部的弦稍微改變了，或是鋼琴周圍的世界在琴槌擊弦時稍微改變了。每一次這個詞都會浮現出不同的涵義，就像一段深沉渾厚的顫音所顯露的祕密頻率。他沖了個澡、抽了根菸、倒了一壺水要煮蝴蝶麵，這段期間裡，他一直在用這一個音符創造出一首歌。

　　回家途中，珍妮不斷想著捷思偏誤（heuristic bias），亦即人類傾向有系統地低估或高估可能性。珍妮認為，大致上從貝氏（Bayesian）計算裝置的角度來看，人類其實是相當笨重的機器。

　　當然，珍妮不會把這些事想得如此深入。她只是想到艾文一定覺得自己的機會有多少（好，非常好，好到不行），實際上是多少（32.05864991%），而她很納悶為什麼男人都是如此糟糕的情緒統計學家。

　　她納悶為什麼蜜蜂可以感應到磁場，為什麼狗可以從你的口氣聞出你昨天吃的早餐，為什麼蝙蝠可以透過聲納確定方向，為什麼人類全都做不到。她納悶為什麼我們只能看見七種顏色，聽力不太好，還有以動物的標準而言，我們的鼻子基本上就只是裝飾用的亮片而已。為什麼人類沒有真正實用的能力，只會用直覺看待可能性——風險、機會、結果。我們怎麼

可能靠殘廢的感官跟緩慢的最高奔跑速度活下來，原因就在於大多數時候我們都能猜對哪種莓果能吃或有毒，哪裡的薄冰會被我們的體重壓破，哪些掠食者不能驚擾到。

雖然心理經驗法則通常能幫助我們有效過濾大量資訊，讓我們理性選擇適當的做法並接受合理的風險，但風險仍往往會以細微且關鍵的方式對我們造成損害。因此才會出現情緒統計學：研究將孤立個體配對成功的可能性，其定義為

渴望得到的結果數量

÷

所有可能的結果

此處的主要概念為**渴望得到的、被渴望的、渴望**。

三流超級英雄

　　珍妮開車上高速公路並評估自己的生存機會時，她會高估自己發生嚴重車禍而血肉模糊的可能性。她會高估自己在路上莫名其妙撞到嬰兒的可能性。她會高估四顆輪胎同時爆掉的可能性。一回到家，把鑰匙丟進電話旁邊籃子裡，檢查後再刪除母親的另一通留言時，她會低估自己又多拖延一天不回電的可能性。她會低估這可能導致母親死於心臟病的累積機率。

　　另一方面，艾文則在煮飯、抽菸、喝啤酒，同時也不知不覺地陷入潛伏於內心的捷思，這在領域內的專家看來是**可得性偏誤**，在外行人看來則是**自欺度日**。

　　換句話說：

　　艾文：**如果我想像，它就可能發生。**

　　珍妮：**如果我希望，它就不會發生。**

洗澡時，艾文塗抹肥皂，低頭看著自己豐滿的腹部——在外行人看來是肥胖肚——他根本不知道自己正在吸氣縮緊。他洗了右腳，接著是左腳，然後用肥皂擦洗手臂，而他估計它們的強壯程度至少有二十年前的九成，當時他是一間小型文理學院校隊中最厲害的撐竿跳運動員，那間學校的田徑課程出乎意料的好，女生則不及珍妮的一半有趣。

　　在廚房做晚餐時，珍妮沒想到艾文。她想到的是她父親，以及他明天會不會打電話來。她打開冰箱，沒好氣地看著裡面的一盤莎樂美香腸切片，七片粉紅色雪花般的肉片仍如同她前一天擺成的新月形。雖然她不高興，但還是拿了盤子跟一箱酒，坐到沙發上。她很快就把酒喝光，香腸卻一片也沒吃。幾個鐘頭後，她醒來的第一件事，就是想著接下來一整天會發生的所有問題。她計算出悲慘失敗的機率，不過最

後還是下了床。

　　早上，艾文一醒來想的第一件事就是「或許」。他心想，今天我就會知道那是什麼意思。他有兩件襯衫還在乾洗，地上則是丟了一堆，另外還有一件吊牌未拆的全新長褲，但他完全不想碰，因為他怕只要偏離日常習慣，就會影響今天發生的某件事，導致「或許」變成了「不」。說不定他跟珍妮之間有某種由因果關係形成的緊繃細線，而為了避免造成影響，他必須盡量減少這當中的擾動，讓機會發揮最大作用。艾文擲了一枚硬幣來決定到底要穿藍色淺格紋襯衫，還是胸前口袋上有一顆鈕子的石板色襯衫。正面是藍色，反面是石板色。他擲出反面後不喜歡，再擲出反面也不喜歡，再擲出反面還是不喜歡。結果他還是穿了藍色的。

　　上班一整天，珍妮都在想著接下來可能以及一

定會出什麼事，於是她為了焦慮而延後放鬆，接著又為了提前焦慮而延後焦慮。

　　上班一整天，艾文都在想著珍妮。或許。他在螢幕上打出這個詞，在記事本隨手寫下這個詞，在電梯裡輕聲對自己說這個詞。或許，或許，或許。

　　晚上，艾文打電話給珍妮。他很緩慢地撥號，按下每個數字時都會完整地停等一段時間。

　　1。

　　3。2。0。

　　5。8。6。

　　4。9。9。1。

　　從按下最後一個號碼的聲音到第一聲鈴響出現前，在這段艾文能夠掛斷電話的安靜空間裡，他第一次感受到「或許」可能不會如他所想像那般發展，而他仍然可以挽救，刪除打電話的事件，將他的渴望保密，這樣就能把硬幣暫停在半空中，凍結彈跳到一半的骰子，讓兩種英語合而為一，在影響測量前結束觀察，保存薛丁格那隻半死半活的貓，將繩子拉回原位，防止分子掉進分母，不讓世界分裂成之前跟之後、正面與反面、兩種可能性及一種現實性，免得宇宙知道會有渴望得到的結果和不希望得到的結果而告訴他答案。

　　因此我們要來探討艾文到底為何會誤解珍妮所使用極具技術性的「或許」一詞。這個問題超出了情緒統計學的範疇，比較偏向另一個尚未被發現的領域。

艾文覺得他想要珍妮答應跟他約會。艾文覺得他想要打給珍妮，提出約會的請求，希望珍妮能夠衡量她的選擇，在艾文跟其他男人、艾文跟其他女人、艾文跟沒有其他男人或女人、艾文跟電視上播出的任何東西之間，做出決定。

艾文覺得他在等待事件 Z 的結果：珍妮接起電話後會對他說什麼。

艾文並不知道，也不可能知道的是，事件 Z 取決於事件 Y，事件 Y 又取決於事件 X，以此類推，一直到事件 A。而事件 A 的結果才是艾文實際等待的結果，也是珍妮正在等待的結果。

事件 A 始於十年前，當時珍妮是下半島中學的十一年級生，她戴著牙套，暗戀男生足球隊上的自由

中衛布蘭登，他喜歡英文課，所以不太跟隊友一起混，寧願在午餐時間一個人讀書，而珍妮會注意到這件事是因為她剛搬過來轉進下半島的學校時，也是一個人吃飯。

事件 A 的發展如下：萬聖節的賽迪・霍金斯（Sadie Hawkins）① 半正式舞會快到了，珍妮在足球教練辦公室附近的布告欄抄到電話，鼓起勇氣要打給布蘭登，而當時珍妮的父親 K 先生正好週末出差。這已經是慣例了：K 先生從事銷售，往往沒道別就直接離開好幾個星期。K 太太瘋狂愛著 K 先生，無論他在哪間汽車旅館，她每天晚上都會打手機給他，就為了說晚安。珍妮喜歡聽父親的聲音，經常會先打給他道晚安，再把電話拿給 K 太太。

嚴格來說，事件 A 起始於十月某個清澈的藍色夜晚，就在珍妮打給布蘭登之前，她決定先打給父

親。那是星期五的深夜。電話響了幾聲，然後進入語音信箱。珍妮接著打了一次又一次，結果還是一樣。珍妮掛斷，什麼都沒跟母親說，而她母親一直坐在隔壁房間，猜到發生了什麼事。那晚珍妮並未打給布蘭登，以後也沒有。母親和女兒就寢時隻字不提，她們太過緊張，彼此都不想對上眼。

那天晚上，珍妮沒有禱告，也未想著布蘭登入睡。珍妮跟她母親醒著躺在各自的床上，在各自的房間裡，不知道她們各自都在等待 K 先生打來。她們不想假設最壞的狀況。K 先生在週五深夜沒接電話的原因可能有無限多種：上廁所，在外面抽菸，開車出去放鬆一下，洗澡。雖然原因可能有無限多種，但在 K 太太或珍妮先前撥打的兩千一百四十三通電話中，從未發生過 K 先生沒接電話的情況。事實上，他每次都是鈴響第一聲就接了。

三流超級英雄

　　珍妮沒想到這件事。她只是等著。想必她一定是在某個時間睡著了，因為她是聞到了法國吐司的味道並聽見母親叫她下樓才醒來。她父親沒回電。於是兩個女人各自假裝即將面對忙碌的一天，珍妮迅速吃完早餐就跑出家門，而她跟母親也各自到不同的公園裡等待，卻都沒跟對方說。隔天她們也去等。就這樣，一個週末過去，珍妮並未注意到自己的人生暫停了。她沒打給布蘭登，她沒寫任何作業，她沒跟母親說話或甚至沒看她。這些事都可以先擱置，直到她弄清楚父親星期五跟星期六晚上去了哪裡。

　　到了星期日晚上，珍妮聽見她父親的車子駛進車道，跟兩天前離開時相比，聲音聽起來並無不同，沒有不忠實，也沒有背叛，因此珍妮感覺鬆了好大一口氣。她覺得自己假設最壞的狀況很愚蠢，甚至感到不好意思。羞愧。

可是就在 K 先生給 K 太太一個擁抱而非親吻時，一切又再次開始了。珍妮從未見過父親那麼做。K 太太也從未見過，她還想等丈夫笑著回到房間，親吻她並解釋這只是開玩笑，說明他去了哪裡。但他沒有。她們聽見樓上傳來沖澡聲，還聽見他唱著歌。

就這樣，週五的事件 A 連結到事件 B，而現在珍妮要等的是兩個答案。前一刻，珍妮還非常快樂，安穩地生活在成功與失敗、日子開始與結束的線性序列中。下一刻她卻在漂流，等待著答案，等待著結果。沒有重大事件。沒有死亡，沒有逃離的家長，沒有火爆的爭執。這其實不過是件令人失望的事。就只是一通未接電話。就只是人們不再好好生活、事件也開始重疊、開始相互連結的日子。珍妮會根據幾小時前的某個事件來決定是否讓自己接受一切。日子一天又一天過去，這個決定也一刻又一刻地往後推，直到被穩穩地固定在隔天。每天都會發生一些事件，一天接一

天，一個月接一個月，就這樣到了十七年後。事件A，事件B，事件C、D、E，由此類推直到事件Z，而艾文就是在此出現，他好奇「或許」的意思，不知道自己是在等待始於將近二十年前那一連串事件的結果。艾文按下珍妮號碼的最後一個數字，在電話旁等待答案，完全不清楚他讓自己陷入了什麼局面。

電話響起。

第一聲鈴響就像火山爆發，在冗長不堪的沉默中劃出一道裂口。珍妮想要扯掉牆上的電話線讓它停止。然後鈴響就結束了。珍妮喘著氣，一隻手放在話筒上，希望不會再有聲音，希望就這樣結束。

第二聲鈴響。這似乎比前一次更大聲。現在珍妮的反應完全相反——她想接起電話，回答對方，讓艾文知道，讓另一端的人知道，讓這世界知道有人在

等待。

可是為什麼她一定要接？為什麼她應該是結果，是等式的右方，是統計學課本背後的答案，是某人蓋在手背上準備揭曉的硬幣？

第三聲鈴響。為什麼決定的人非得是珍妮？為什麼她就不能跟他一樣碰運氣？為什麼不等著看電話鈴聲是否會停止？為什麼不等著看她會在電話響個不停時被迫做出什麼事？

第四聲、第五聲、第六聲鈴響。事件 EE、FF、GG。

第七、八、九、十聲。HH、II、JJ、KK。

第十一聲到第一百聲。全部捆綁在一起，掛在一片網裡。這就是艾文打電話時所等待的東西，就是

這一切，全都要追溯到那個星期五晚上，當時珍妮因為要打給布蘭登而緊張，坐在那裡等著聽她父親的建議。艾文不可能知道這件事。艾文不可能知道情緒統計理論最尖端的知識：外頭還有一百億個跟我們類似的宇宙，每一個都有一位艾文・G 和一位珍妮・K。一百億個珍妮在一百億部電話旁等待，一百億個艾文拿著一百億支話筒，同時有一百億顆太陽在一百億個地球升起。在每個宇宙中，電話都會響起。它一直響一直響一直響。它一直響。

艾文不可能知道會有理論解釋「或許」的意思，說明 32.05864991% 這個數字是從哪來的。此理論主張在這一百億個宇宙裡，會有 3,205,864,991 個宇宙的珍妮接起電話並說好。好，好，好：在其中 3,000,000,000 個宇宙中的她已經接起電話，在 205,000,000 個宇宙中的他們正愉快地調情，在 860,000 個宇宙中的他們正在擬定約會計畫，在 4,900

個宇宙中的他們正吃著晚餐，在 90 個宇宙中的他們正凝視著彼此，還有一個宇宙——在這個宇宙中，他們立刻就無可救藥地陷入了愛河。在這一百億個宇宙中，有些宇宙的她說好，也願意讓自己被愛，而有些宇宙的她則不接受，另外在某些宇宙中是艾文付出愛，某些則不是。她很好奇電話會不會永遠響下去。她等著看他們是在哪個宇宙。

# 不適合用於採掘小說
# 的自傳素材

**第一章：涉及我母親的各種間隔**

　　適當的道別應該依照這種結構：要有指定的離
開時刻以及固定分量的惆悵，而後者通常會剛好在前
者發生時耗盡，促成包裝良好的事件，因此發展成情
緒共鳴的瞬間，可供日後回想時加以剖析，到時候細
節已被遺忘，即可編造出故事。

＊　＊　＊

## 對於過早道別的一些記錄

然而，有些時候，在決定離開到實際離開的當中，會有一段從幾秒到幾分鐘不等的短暫時間，此刻我已不在母親的家中，卻又不算真正的離去。

結果就是我們用光了可以對彼此說的話，用光了我想念你跟你是我的一切這類表達方式，最後只能望向後院盯著那些常春藤植物跟生鏽的草坪椅。起初對於家的渴望，減弱成對於家這個概念的渴望，再經過侵蝕變成為了渴望而渴望，直到最後消耗殆盡。

我們漂進不同的房間。我們在房子旁邊閒晃。我們假裝在找東西。我們假裝忘了東西，於是呆坐著假裝試圖回想自己假裝要找的東西。我們甚至會在假裝找東西之後才發現原來自己真的弄丟了它們。這就是我們一起浪費時間的方式：一分一秒過去。

＊　＊　＊

**我某天想要寫的一些故事標題**

我母親的故事

我的母親：未收錄的故事

我母親特有的悲傷之終極故事

＊　＊　＊

**二分零六秒**

另一種浪費的資源：思考失去的時間所花的時間。情況如下：

每到星期日晚上八點，我快要離開的時候，就

會開始後悔自己浪費掉的所有時間。我沒跟母親交談、實際去瞭解她，什麼都沒做。只是坐在電視機前。只是翻看著舊棒球卡。

我開始思考失去的時間，也因此思考了自己正在思考失去的時間這件事，於是又領悟自己以後一定會想要回這些時間，而這一切讓我開始後悔自己因為思考失去的時間而失去的時間。這又使我回到了原點。就這樣重複下去，最後我該離開的時間也到了。

\* \* \*

**關於「母親看著我綁鞋帶」故事第十七版草稿的一些記錄**

平均來說，我會花十一秒鐘：（i）發現鞋帶鬆了，（ii）彎下腰，（iii）綁好鞋帶，（iv）檢查另

一邊的鞋帶是否有綁緊。這十一秒鐘都是在沉默中度過的。

假設我每造訪十次大概會出現一次有一邊鞋帶鬆掉的情況，那麼一年之中我就會因為鞋帶沒綁好而跟母親多相處五十五秒。

\* \* \*

## （零分十一秒）

（有一次我做了個夢，在夢中我看見了自己的一生，包含過去與未來，就像眼前桌面上有一副撲克牌呈扇形攤開。真不可思議。那裡一定有上百萬、上千萬、上億張牌——我的一生——全都被細分成剛好十一秒。但不可思議的感覺變成了一種令人作嘔的恐慌，因為我仔細一看，發現每一個片段都是不完整

的，是某種不正當的方式、某個魔鬼般的演算法，某位徹底的邪惡天才切割了它們，因此沒有一張牌是獨立完全的片刻。有人刻意安排，讓每一張牌都毫無價值，將徹底的微不足道撐展開來，這沒有半點意義，無法給予慰藉，也未提供任何線索。）

* ✳ *

## 關於時間對等的一些記錄

我從夢中醒來，上衣因為汗濕變得沉重，而我很清楚這一點：那些細薄又脆弱的紙牌，那種獨特且原始的順序，總有一天會被徹頭徹尾打亂。每一個精細結構，每一個複雜的局部模式，全被激烈地永久抹除。任何明顯的設計都是幻覺。我所獲得跟母親相處並讓她不感到那麼孤單的六、七十年時間，全部都會浪費掉，就只是一直在記錄、剖析、頓悟。

在那一刻，世界上最荒謬的事，莫過於試圖將一塊生命的碎片特地轉換成一個**短篇故事**。原本那些吸引人的承諾、親近的關係、短暫而片刻的敘事弧線，都將被切分成無數的十一秒鐘，大量地堆疊成我的人生、我母親的人生、我們在一起的人生。

那大概會在這間房子裡發生，除了母親跟我之外，沒有其他人在場，或者，如果幸運的話，我們會在醫院，旁邊有位護士，說不定甚至還會有一位醫生。無論那在何時何處發生，都令人意外。而重新洗牌時，在整片混雜紛亂飛舞的紙牌中，或許我會有足夠的時間抓住其中一張，牢牢握住。倘若紙牌都是照我所想的方式切割，那麼母親看我綁鞋帶的那十一秒鐘跟其他的十一秒鐘其實沒有差別。

＊　＊　＊

雖然我多麼希望這是事實，但事實並非如此——我所需的慰藉不只有限，而且少到近乎尷尬。要維持憂鬱是很累人的。雖然我多麼希望自己可以，但我無法將一切都變成故事。

＊　＊　＊

## 關於渴望之實際限制的一些記錄

　　以前我時常覺得，每次我離開母親時都會讓她心碎。事實上，這並不會使我們兩人心碎。我希望會，可是真的不會。我們是兩人家庭，除了擁有彼此，在這世界上都是孤獨的，然而我們卻能夠忍受離別。太能夠忍受了。能夠忍受到難以忍受的地步。這種能夠忍受的程度差點就要令我心碎了。然而我卻沒有心碎，原因或許是我們有各自的生活，儘管

充滿了寂寞與平靜。也可能是因為我們每週都要按預定時間心碎這種事不太實際。不管理由是什麼，總之母親並未心碎，我也沒有心碎，而這個事實幾乎就足以讓我心碎了。

* * *

## 我試圖塞進每個故事的一些記錄

我所有的故事一開始都是未經雕琢的時間材料，最後成為（i）完整的雕刻人物及（ii）一堆剩餘的碎片。我完成切削、刻鑿、割斷，第一次後退查看作品時，總會感到失望。我雕刻出的人物永遠都不是自己以為的樣子。我設想的形體變成一種扭曲怪誕的形狀，我認為的豐富特質不過是一堆怪癖的累積，而我眼中的突出線條結果成了鋸齒狀的邊緣。故事中應該要有的細節卻不存在，必須出現的細節則被遺漏，而

這兩種細節都已永遠丟失、浪費、錯置，未經審視也未獲解釋。

## 系統中時間摩擦損失的定義

一種次級效應。一種造成小說材料消耗的間接來源。是（i）人類和（ii）人類用於連結、記錄、傳送自己的機器之間，節奏不同而出現的副產品。物理限制包括最高運行速度及最短潛伏期。等待紅綠燈，等待電梯抵達樓層，等待電話有人接聽。我已經因為這些摩擦失去了無數個故事，各式各樣的分秒時間就像溫度消散了。

## 五十七分四十四秒

我在**過早道別**中失去的第一個故事發生於機場，那天我正要去醫學院。在依依不捨的道別後，廣播卻宣布從洛杉磯國際機場直飛洛根（Logan）的 2011 號班機要延後一個鐘頭。母親跟我對看著，不確定該怎麼辦。我們剛才那麼憂愁，希望能多一分鐘相處也好，結果現在我們憑空得到了一小時。這麼多時間，卻沒什麼好說，感覺真是有點尷尬。我們安靜地坐在椅子上，過了一兩分鐘後，我就閒晃到雜誌架前翻看。母親買了一根糖果棒，走到旁邊看飛機起飛。等到終於要走的時候，我們便像熟人一樣親切地告別。我說我會打電話，她只是點了點頭。

起初原本是離別與失去的時刻，本來可能是一個短篇故事，後來卻萎縮成一件失望掃興的事。這就像兩個剛分別的人發現自己正往相同的方向離開。有些人會面向彼此，不好意思地輕笑一下，比方說，哈

哈，我們才剛說再見，可是又走在一起了。

　　然而，有些人會出於無法解釋的原因繼續往同一個方向走去，肩並著肩，假裝沒看見對方。彷彿**指定離開時間**已發生過就不能再重複。

＊　＊　＊

**關於運用細節的一些普通記錄**

　　有些關於他人母親的故事說得很好，讓我心有戚戚焉，看出相似點，還三番兩次對自己說，**對，對，沒錯，對，就是這樣，嗯，是啊。**

　　不過也有些關於他人母親的故事說得非常好，讓我一讀完就突然感到一陣自我厭惡，回到桌邊把正在寫的所有東西丟棄。

三流超級英雄

\* \* \*

## 關於故事檔案被搶先處理的一些記錄

然後還有些關於他人母親的故事說得非常好，產生令人驚恐不安的效果，使我汗毛直豎，頭皮發麻。這些故事讓我在閱讀時挺直坐正，忍不住一再翻回頁面，盯著作者的名字，彷彿在問**這個比我更瞭解我母親的人到底是誰？**閱讀這些故事時，我想要停止，我必須停止，因為對我高傲的自尊而言，每一個字都像一道細微的傷口，一記猛烈的側擊。

我想要停止，但我當然無法停止，我什麼都做不了，只能繼續讀下去，一個字接一個字接一個字，直到我只能整句整句地把那些字詞大口吞下，讓傷害累積。而在某個時刻，我發現自己會一邊閱讀一邊默念，甚至還沒開始讀就這麼做了，我心想，**我怎麼**

**會這樣？**有那麼一瞬間，我以為這個人一定偷讀了我的腦波，不然至少就是竊取了我的硬碟，但反射性的懷疑很快就轉變成一種領悟：抽象的假設——亦即潛在的故事——獨立存在於試圖捕捉它們的準作家之外。我見到這塊未經雕琢等待處理的材料，卻放掉機會，不確定該怎麼做，結果別人拿了這塊材料，打開它，刻鑿它，將它雕成獨特的文字、情感、時刻、人們。有人已經搶先一步，於是我只能找另一種方式訴說我母親的故事。

＊　＊　＊

## 不適合用於採掘小說的自傳素材

「我母親特有的悲傷之終極故事」就擺在桌上，未經雕琢，閃亮著且原封未動。我不知道它完成時應該是什麼樣子。我甚至不知道該從何開始。

三流超級英雄

我只知道這些：它會很複雜。它必須包含：


——子宮切除術，

——卵巢囊腫，

——一份平凡的工作，不會卑微到顯得滑稽，

　　也不會重要到必須嚴肅看待，

——三位文靜、未婚的姊妹，她們對彼此跟自

　　己而言都是個謎，

——朋友散落各地，隨著時間慢慢變得不熟，

——我那離家出走的父親，據說酗酒而死。


　　內容可能也必須包含我父親離開的那一天。那天他刮了鬍子，洗了澡，吃了早餐，親吻了母親的臉頰，抓起了他的公事包，走出了家門。那天我們就知道他不會回來了。臉頰上的吻洩露了一切，因為他從未這麼做過。內容必須包含這件事：父親抵達街角的

停車號誌之前，母親在我的房間裡，看了我一眼，表示我們再也不會提起他的名字了。不會大聲地說，不會對彼此說，不會在家裡說。

內容也會包含：那天我是怎麼告訴自己要努力工作，認真讀書，學習寫作。我會優秀得足以從別人那裡偷走足夠的材料，有朝一日將母親生命中那些任意隨機且反覆無常的災難寫成一個故事。我會為她安排好順序——第一幕、第二幕、第四場、第五場——再用正確的色彩填滿。母親的故事應該要如此敘述：我們如何默許由我理解這一切，整理她的人生，然後在某天回來說，妳看，這就是事情發生的原因，而妳做了這麼多，還有妳最這樣或最不那樣，還有這很重要，這也很重要。內容應該要解釋，我們兩人都一直希望能有一段持續好幾個鐘頭或好幾天或好幾週的時間，坐在一個安靜的房間裡，我會向母親訴說她的故事，詳述給她聽，當成一件全新的事物，讓她知道哪

裡很有趣以及誰很重要。我會用這個故事讓她見識到以她為主角的世界，因為她已經疲憊到不想再嘗試這一切了。我大學畢業後回來，然後又離開，然後又回來搬進家裡，然後又搬走。這整段時間我都在收集細節，一點一滴到處拼湊，逐漸看出了情節的開端。

接著，有一天，我醒來後，母親就變老了。我也變得不那麼年輕了。於是我到我的桌前查看故事，那裡有數百種新的片段，是一個祕密的貯藏所，裝載著沒感覺的傷痛、日常的屈辱、無意義的時間。所有的成果，所有我曾經黏貼、裝訂、強加在一起的部分敘事，全都是垃圾。「我母親的故事」必須包含更多碎片、更多原料、更多隨機的間隔，比我想像的更多。就在當下，我第一次意識到自己並未優秀到可以寫下故事，意識到自己就算過了一千年也很可能還是不夠好。我意識到書寫我母親故事的人必須可以讓一切懸而未決，必須模稜兩可，必須

能夠意在言外。這些我都不會。

　　我只知道該這麼做：忠於情感，收集碎屑，將母親無名的存在中每一個無名的片刻積累起來。我創造了一個容納這一切的大箱子，並且標記為**雜項**。箱子裡有數百萬份檔案，每一份都是母親那段非虛構人生中一個未經分類的時刻。每十一秒就會有一份新檔案建立。我會加上適當的標記。我只能將就這麼做：暗中自欺地希望，要是將這些無用的碎片全都聚集在一起，盯著它們看得夠久，總有一天我會明白該如何以正確的方式安排它們。

# 誌謝

我想要感謝 Frederick Barthelme、Mike Czyzniejewski、Karen Craigo、Mark Drew、Tom Dooley、Rie Fortenberry、Ander Monson、Christina Thompson、Valerie Vogrin，他們刊登了書中的一些故事，也要感謝 Carol Ann Fitzgerald 的鼓勵，她可能不知道她的鼓勵對我的意義有多麼重大。

我非常感激我的經紀人 Gray Heidt，他提供了深刻的見解，也願意冒險相信我，另外還有我的編輯 Stacia Decker，謝謝她的耐心與智慧。感謝 Sara Branch、Lynn Pierce、Jennifer Jackman、Jodie Hockensmith、Scott Piehl，以及在 Harcourt 出版社付出

並給我這個機會的所有人。

感謝 Mark Forrester，我的好朋友，更是一位好讀者。謝謝 Rachel Sarnoff 的熱情與機智。謝謝我弟弟 Kelvin 永遠都願意跟我對話。感謝上帝讓我能跟妻子 Michelle 在一起，她是我見過最有趣的人。

# 全書注釋

**編按：**

本書創作內容多半是架空時代背景，部分人、事、時、地、物為作者虛構，注釋僅列出實際可考據資訊供讀者參考。

## 401（k）

① 編注：原文 the excluded middle，形式邏輯思考三大原理之一，謂一事物在真與假兩個判斷中，不是真便是假，不是假便是真，不能有中間情況。

② 編注：指標準普爾 500 指數，簡稱 S&P 500 、標普 500 或史坦普 500，指由 1957 年起記錄美國股市的平均紀錄，觀察範圍達 500 支普通股，占總市值約 80%。

③ 編注：Gestalt 這個字意指模式、形狀、形式等，指「動態的整體」。

④ 編注：Weltanschauung 這個字指個人或社會對整體社會及個人知識的觀點與基本認知取向。在德語中則是指「著眼世

界之上」，是德國知識論中所使用的詞彙，指「廣泛世界的觀念」。

⑤ 編注：原文 reverse triangular merger，指收購方成立一間子公司，而該間子公司與目標公司合併。目標公司合併後作為收購方完全擁有的子公司存續，且繼續擁有其資產、債務以及契約之一方。

## 變成自己的男人

① 編注：位於美國加州和內華達州邊界，是北美最大的高山湖泊，深 501 公尺，是美國第二深的湖泊。

## 自學的麻煩

① 編注：原文 perturbations 指不安及煩惱，在天文學裡則為術語「攝動」，描述一個大質量天體受到一個以上質量體的引力影響而可察覺的複雜運動。

## 我最後扮演我的日子

① 編注：原文 fat suit，是一種表演者用來在視覺上增胖的服飾，常與特殊化妝結合，服飾內通常塞滿填充物，讓表演者的外表變得較胖或極胖。

## 現實主義

① 編注：芝諾之箭乃指古希臘哲學家芝諾（Zeno）的「飛矢不動」理論。他認為一支飛行的箭是靜止的，由於每一時刻這支箭都有其確定的位置，因而是靜止的，因此箭就不能處於運動狀態。

## 佛羅倫絲

① 編注：全名莫里茨‧科內利斯‧艾雪（Maurits Cornelis Escher），1898 年～ 1972 年，荷蘭著名版畫藝術家，活躍於義大利、瑞士、比利時與荷蘭等地，於平面視覺藝術有極大成就。其作品充滿奇幻感而成為多部電影的靈感來源，包括電影《魔王迷宮》（*Labyrinth*）《全面啟動》（*Inception*）等等。
② 編注：此處兩首歌曲皆為爵士樂名曲。

## 安靜絕望的男人休短假

① 編按：本篇故事結尾未放標點符號，乃作者刻意安排。

## 32.05864991%

① 編注：又稱為女生擇伴舞會，由女生主動邀請喜歡的男生跳舞。舞會時間通常是每年的 11 月 9 日或該日之後的第一個週六。

國家圖書館出版品預行編目（CIP）資料

三流超級英雄 / 游朝凱 (Charles Yu) 著；彭臨桂譯 . -- 新北市：遠足文化事業股份有限公司潮浪文化，
2024.04　面；　12.8*19 公分　譯自：Third class superhero　ISBN 978-626-98262-6-1（平裝）

874.57　　　　　　　　　　　　　　　　　　　　　　　　　　　　　　113003087

潮浪小說館 002

# 三流超級英雄 THIRD CLASS SUPERHERO

| | |
|---|---|
| 作者 | 游朝凱（Charles Yu） |
| 譯者 | 彭臨桂 |
| 主編 | 楊雅惠 |
| 特約編輯 | 吳如惠 |
| 校對 | 吳如惠、楊雅惠 |
| 封面設計 | 之一設計／鄭婷之 |
| 總編輯 | 楊雅惠 |
| 出版發行 | 遠足文化事業股份有限公司 潮浪文化 |
| 電子信箱 | wavesbooks2020@gmail.com |
| 粉絲團 | www.facebook.com/wavesbooks |
| 地址 | 23141 新北市新店區民權路 108-3 號 3 樓 |
| 電話 | 02-22181417 |
| 傳真 | 02-86672166 |
| | |
| 法律顧問 | 華洋法律事務所　蘇文生律師 |
| 印刷 | 中原造像股份有限公司 |
| 出版日期 | 2024 年 4 月 |
| 定價 | 400 元 |
| ISBN | 978-626-98262-6-1、9786269826254（EPUB）、9786269826247（PDF） |

THIRD CLASS SUPERHERO by Charles Yu

Copyright © 2006 by Charles Yu

Complex Chinese Translation copyright © 2024

By Waves Press / WALKERS CULTURAL ENTERPRISE, Ltd.

Published by arrangement with Mariner Books, an imprint of HarperCollins Publishers, USA

through Bardon-Chinese Media Agency.

All rights reserved.

———

版權所有，侵犯必究

本書如有缺頁、破損、裝訂錯誤，請寄回更換。

———

本書僅代表作者言論，不代表本公司／出版集團立場及意見。

歡迎團體訂購，另有優惠，請洽業務部 02-22181417 分機 1124，1135

潮浪文化社群平臺